Désolé,
Nous avons raté la piste
Histoires insolites de cockpit

STEPHAN ORTH

ET

ANTJE BLINDA

Désolé, nous avons raté la piste

Histoires insolites de cockpit

ESSAI

Traduit de l'allemand
par Agnès Boucher

Titre original :
SORRY, WIR HABEN DIE LANDEBAHN VERFEHLT

Éditeur original :
Ullstein-Taschenbuch, en partenariat
avec Spiegel Online, Hambourg, 2010

Sommaire

Prologue

Cela se passe dans un petit aéroport en Chine, dans les années 1980. Les moteurs de l'avion démarrent, celui-ci s'apprête à rouler en direction de la piste. Mais soudain, le commandant coupe les réacteurs du Douglas DC-3 avant d'annoncer: «*This plane is ill! We take other plane!*» («Cet avion est malade! Nous allons en prendre un autre!») Tous les passagers montent alors dans un autre DC-3. Et rebelote: les moteurs tournent pendant quelques instants avant de se taire. Cette fois, le pilote déclare: «Cet avion est encore plus malade! Nous allons prendre le premier avion!»

Le lecteur de cette légendaire anecdote sera sans doute à la fois amusé et soulagé de ne pas s'être trouvé à bord de ce coucou. On n'imagine que trop bien ce qu'ont dû ressentir les passagers. Les remarques lapidaires ont tendance à déclencher des crises d'angoisse. Et prendre l'avion a beau être devenu banal aujourd'hui, le voyage dans les airs demeure pour beaucoup synonyme à la fois de crainte et de fascination. Les images spectaculaires des rares catastrophes aériennes se gravent dans la mémoire. Citons le « miracle du fleuve Hudson » en janvier 2009 – l'amerrissage réussi près de Manhattan – et la mystérieuse tragédie de l'Airbus A330 d'Air France qui a disparu dans l'Atlantique quelques mois plus tard.

Il est difficile pour les néophytes de comprendre comment des appareils pesant plusieurs tonnes défient ainsi les lois de la gravitation. L'énorme Airbus A380 peut transporter plus de cinq cents personnes à une vitesse dépassant les 600 kilomètres à l'heure et à plus de 10 000 mètres d'altitude. Il y a quelques décennies à peine, cela était encore inconcevable, tout comme le nombre de voyageurs empruntant chaque jour un avion de ligne : six millions.

Les annonces qui déraillent réussissent à tirer même les plus habitués de leur léthargie. Par exemple, lorsqu'une voix venue du cockpit annonce après un atterrissage avorté : « Désolés, nous avons raté la piste. » Les pilotes devraient pourtant être des experts de la communication et sensiblement plus habiles à s'exprimer que ne le suggère une boutade circulant dans le métier : « De quoi parlent les pilotes dans un avion ? — Des femmes. — Et de quoi parlent-ils lorsqu'ils sont avec des femmes ? — D'avions, bien sûr. »

Celui qui œuvre dans un cockpit est tenu de maîtriser technique et expression. Les pilotes doivent être titulaires d'un certificat de communication radio, manier l'alphabet morse et les termes techniques de radar. La signification des sigles SSR, VMC, IFR et UTC n'a aucun secret pour eux. Ils savent différencier la *start-up-clearance* (autorisation de démarrer les moteurs) de la *take-off-clearance* (autorisation de décoller). Ils connaissent par cœur des centaines de codes d'aéroport. Et ils savent que des malentendus avec la tour de contrôle ou le copilote peuvent être fatals en situation critique.

L'art de communiquer avec les non-initiés consiste à traduire une situation complexe dans un langage qui ne soit ni trop technique (« Mesdames, messieurs, nous avons dû faire une procédure Loc. parce que d'après les Notams, le glide slope était inop' »), ni trop simpliste (« Ça marche comme un PC »).

« La vérité, c'est que les pilotes et les microphones ne font pas toujours bon ménage », regrette le commandant de bord Patrick Smith dans sa colonne « Ask the Pilot » (« Demandez au pilote ») sur le site Internet www.salon.com. « En voulant éviter un jargon technique pour décrire des situations compliquées avec des phrases compréhensibles de tous, nous avons tendance à trop simplifier et à verser dans un comique involontaire qui fait peur. »

C'est précisément ce comique involontaire qui rend certains vols inoubliables. Lorsque tout s'est finalement bien passé, on ne se lasse pas de raconter ladite anecdote. La rédaction du *Spiegel Online* a appelé ses lecteurs à relater leurs pires et leurs plus amusants souvenirs à bord d'un avion. La rédaction a été inondée de mails, comme ce fut rarement le cas dans l'histoire du site Internet : des centaines de citations de membres d'équipage et de passagers, toutes plus ébouriffantes et drôles les unes que les autres.

Ces récits montrent par la même occasion que les pilotes savent régler avec humour – et même avec aplomb – les situations, habituelles ou non, de leur vie professionnelle. Ils révèlent que le personnel navigant commercial sait comment appréhender les turbulences en tous genres. Ce petit recueil ne se veut pas une attaque envers le personnel navigant qui amène à bon port chaque jour des millions de personnes. Malgré le comique grotesque d'une situation, des nombreux lapsus, les pages qui suivent sont un hymne au merveilleux monde de l'aviation, qui pourrait sûrement profiter « d'un peu plus d'humour », comme le déclare le spécialiste Reiner Kemmler.

Nous souhaitons vous faire profiter de ces anecdotes savoureuses et vous invitons à voyager avec nous grâce à ce livre.

Nous remercions tous les voyageurs pour leurs anecdotes et leurs aventures, sans lesquelles ce voyage n'aurait pas été possible.

Stephan Orth et Antje Blinda

Avant le décollage : « Le reste du trajet se fera en volant »

Des tableaux d'affichage qui clignotent, des détecteurs de métal qui sonnent, une odeur de kérosène qui prend à la gorge : pour la plupart des voyageurs, le passage à l'aéroport est considéré comme une situation d'urgence.

La tension qui en résulte se traduit régulièrement par un comportement étrange de certains adultes dans les aérogares.

En février 2009, à l'aéroport brésilien de Salvador, deux retraités allemands trouvent judicieux de se changer avant de procéder à l'enregistrement. Au beau milieu de la salle d'attente, ils enlèvent leur pantalon. Les policiers les arrêtent pour trouble de l'ordre public. Deux heures durant, ils sont interrogés. Résultat, ils ratent leur avion.

Toujours la même année, à l'aéroport Schiphol d'Amsterdam, un Allemand tente d'embarquer avec un revolver chargé dans son bagage à main. Lorsque les agents de sécurité parviennent à la conclusion qu'il n'avait pas l'intention d'accomplir un acte terroriste, ils qualifient cette tentative de « très stupide ».

Une place d'honneur sur la liste des dérangés de l'aéroport revient au ministre de l'Intérieur ukrainien Juri Luzenko. En compagnie de son fils âgé de 19 ans, il se met à abreuver d'injures des employés de la Lufthansa lors d'une escale à Francfort en mai 2009. Visiblement soûl, il balance son téléphone portable au moment où des policiers arrivent.

Si le passage dans un aéroport suffit déjà à amener des hommes et des femmes au bord de la crise de nerfs, que se passera-t-il ensuite dans l'exiguïté de la cabine ?

Le personnel navigant est-il conscient de l'importance décisive que revêtent les premières paroles qu'il adresse aux passagers ? Pas toujours, comme le montre ce chapitre. Parfois, même la musique ne réussit pas à adoucir les mœurs.

Dans ce chapitre :

Des réparations de fortune, des erreurs d'aiguillage, des équipages à l'humour pince-sans-rire.

Nous venons de nous élancer sur la piste de décollage. L'avion commence par zigzaguer sur les deux cents premiers mètres. Puis il s'arrête. Il repart, vire à quarante-cinq degrés pour reprendre la voie de roulement. Et retour à la case départ, en position de décollage. Le pilote nous explique très calmement : « Mesdames, messieurs, mon siège n'était pas bien enclenché et a reculé sous le coup de l'accélération. Je l'ai rereglé et maintenant nous pouvons décoller. »

J. Hertel

Assis confortablement dans un avion d'Air France au départ de Strasbourg, nous sommes sur le point de décoller pour Paris. Quelques notes de musique commencent à retentir dans le haut-parleur. C'est le morceau (choisi ?) de « Comme une sentence » dans *Il était une fois dans l'Ouest*...

A. Geiler

Avant notre décollage de Dallas pour Wichita Falls, le steward nous adresse le message suivant : « Nous vous souhaitons la bienvenue sur ce vol d'American Airlines qui ne durera que vingt-cinq minutes. Nous allons décoller dans quelques instants et atteindrons très rapidement notre altitude de croisière avant d'effectuer quelques minutes plus tard un piqué à quarante-cinq degrés pour atterrir sur l'aéroport de Wichita Falls. » Et d'ajouter :

« Ne vous inquiétez pas, tout ira bien, d'ailleurs le commandant non plus ne s'inquiète pas et pourtant, c'est la première fois qu'il va faire cette approche ! »

M. Renemann

À l'aéroport de Dallas, je m'apprête à me rendre à Memphis pour regagner l'Europe. Mais sur le tableau d'affichage, un horrible mot de neuf lettres me nargue au bout de la ligne correspondant à mon vol : *cancelled*, « annulé ». Un brin irritée, j'en demande la raison à une hôtesse. L'avion n'est-il donc pas encore là ? La réponse tombe comme un couperet : « Non. Le pilote qui était prévu s'est écrasé avec son appareil personnel. »

C. Reese

Nous nous apprêtons à décoller, lorsque la voix du pilote grésille dans le haut-parleur : « Mesdames, messieurs, notre moteur gauche est malheureusement en panne, le décollage est donc retardé jusqu'à ce que le technicien ait résolu le problème. » Sans se douter que le microphone est resté allumé, il confie ensuite à son copilote : « La barbe, ça fait déjà la troisième fois cette semaine ! »

B. Königsmann

Notre avion, initialement prévu pour rallier Munich à Hambourg, est supprimé en raison de problèmes techniques. Nous montons alors dans des bus qui nous emmènent jusqu'à un hangar de réparation de la compagnie aérienne. Un Airbus A320 est stationné à l'entrée. Le commandant déclare : « Normalement, cet appareil est bon pour la révision, mais ça ira jusqu'à Hambourg. » Heureusement que je travaille chez Airbus et que j'ai toute confiance en nos produits !

M. Schön

Un retard est annoncé sur notre vol de Chicago-Las Vegas en raison d'une défaillance technique. Depuis la salle d'attente, nous sommes aux premières loges pour observer le déroulement des réparations sur le réacteur du Boeing 737. Et nous n'allons pas être déçus du voyage : nous voyons un mécano prendre une canette de Coca pour en découper un morceau avec une cisaille et l'insérer Dieu sait où dans le réacteur. Puis cet avion rafistolé à la MacGyver a décollé avec nous dedans. Le réacteur dopé au Coca a tenu.

D. Fleckenstein

Dans l'avion à destination de Berlin, l'hôtesse de l'air nous accueille en ces termes : « Mesdames, messieurs, bonjour, nous vous souhaitons la bienvenue sur notre vol à destination de Munich. » Tandis qu'un vent de panique commence à souffler parmi les passagers, le pilote intervient : « Bonjour également de la part du cockpit. En fait, le pilote, le copilote et même le pilote automatique préfèrent se rendre à Berlin plutôt qu'à Munich. D'autres volontaires ? Eh bien, nous voilà déjà trois, plus les passagers ! Je dirais que notre gentille hôtesse est en minorité. Alors, c'est décidé, on va à Berlin ! »

H. Giesers

Après une longue attente à l'aéroport de l'île grecque de Kos, un bus nous conduit enfin à l'avion pour Bruxelles. Du moins, c'est ce que nous croyons. Tandis que nous roulons déjà en direction de la piste, le steward, quelque peu embarrassé, nous livre une information qui n'est pas complètement dénuée d'intérêt : « Mesdames, messieurs, je crains qu'il n'y ait eu un malentendu. Cet avion ne va pas à Bruxelles ! » Le bus nous avait amenés à l'avion pour Amsterdam, alors que les passagers à destination de la capitale néerlandaise étaient assis dans « notre » appareil. Si un voyageur n'avait pas eu la bonne idée de s'enquérir de la météo à Bruxelles, le pot aux roses n'aurait sans doute pas été découvert à temps. À l'arrivée, le steward croit utile de préciser : « Qu'est-ce que vous voulez, un avion, c'est pas comme un train. La destination n'est pas marquée dessus… »

C. Petsch

Voilà un quart d'heure que nous attendons sur la piste pour décoller à destination de

Sofia. Lorsque enfin l'avion se met en branle, c'est pour retourner à la passerelle de chargement. La voix du commandant crépite dans le haut-parleur : « Nous avons le regret de vous informer que nous avons des problèmes techniques. Nous ne savons pas encore exactement de quoi il s'agit. » Nous apercevons quelques mécaniciens qui s'affairent sur l'appareil. Nous roulons ensuite de nouveau en direction de la piste et le pilote reprend l'interphone : « Le problème technique semble être résolu. Nous allons essayer de décoller. » Vifs grondements d'indignation parmi les passagers. Le commandant se racle la gorge et rectifie : « Pardon. Le problème technique est résolu. Nous allons décoller. »

M. Kalbe

Notre petit Turboprop de la Finnair, au départ d'Helsinki pour Turku, ne peut pas décoller. Le pilote nous explique avec pondération : « Mesdames, messieurs, nous avons un problème d'équilibrage. Deux passagers auraient-ils l'obligeance d'aller s'asseoir à l'arrière ? » Sur ce, deux messieurs assis aux premiers rangs se sont levés pour prendre place au fond de l'appareil. Et l'avion a pu décoller.

A. Hofmann

Nous attendons depuis un bon moment notre décollage, lorsqu'une hôtesse de l'air éclaire enfin notre lanterne : « Veuillez nous excuser du retard, mais il a fallu que le pilote se familiarise d'abord avec ce type d'appareil. »

N. Busche

Le décollage de notre avion en partance d'Amsterdam pour Chicago est retardé. Le pilote nous en expose la raison : « Nous avons perdu une porte pendant le vol en venant à Amsterdam. Il faut d'abord qu'on la répare. » Finalement, l'avion – complété de sa porte – a atterri en entier à Chicago.

J. Voigt

Voilà plus d'une heure que nous attendons de pouvoir décoller à l'entrée de la piste. L'avion se met enfin à rouler, lorsqu'un steward nous déclare : « Il y a une bonne et une mauvaise nouvelle. La mauvaise, c'est que Punta Cana est à 7000 kilomètres. Et la bonne, c'est que nous avons déjà fait les 300 premiers mètres ! »

U. Meyer

Sur un vol national, l'hôtesse de l'air annonce la couleur avant le décollage : « Bonjour mesdames, messieurs. Bienvenue à bord. Vous allez avoir le plaisir de voyager avec le commandant Clark [pseudonyme] dans le cadre de sa formation. C'est aujourd'hui la première fois qu'il va piloter un avion pour de vrai. » Le vol s'est déroulé sans encombre, mais je me serais volontiers passée de cette information, au moins jusqu'à l'atterrissage.

R. Weigand

Nous sommes déjà installés dans l'avion pour rallier Zurich à Atlanta, lorsque le commandant nous communique le message suivant: « Nous avons trois ventilateurs sur cinq qui ne fonctionnent pas. Il ne nous est pas possible de décoller dans ces conditions. Nous allons faire venir des nouvelles pièces de Paris. » Au bout de deux longues heures et demie d'attente dans l'avion, le pilote reprend la parole: « Les ventilateurs neufs sont en place, seulement voilà, nous avons constaté qu'on ne pouvait pas sortir les volets. Nous vous prions de patienter encore un peu, jusqu'à ce que le problème soit résolu. » Les volets ne peuvent peut-être pas sortir, mais mon voisin, lui, sort de ses gonds. Il était pilote de la compagnie suisse Crossair, qui existait encore à cette époque, et partait en vacances. Il s'écrie alors: « Rien à foutre des volets ! Y en a pas besoin pour décoller ! » Au bout de deux nouvelles heures, l'avion a enfin pu prendre son envol.

Th. Tröscher

Notre avion est immobile depuis un bon moment à l'entrée d'une piste de l'aéroport de Bruxelles. Nous espérons que l'appareil va se mettre en branle d'un instant à l'autre, mais rien ne se passe. Puis l'interphone crépite : « Mesdames, messieurs, le service de sécurité a signalé la présence d'objets sur la piste. Le décollage est donc retardé de quelques minutes, le temps qu'ils soient retirés. Si toutefois vous trouvez l'attente trop longue, il n'y a aucun inconvénient à ce que vous sortiez pour aller donner un coup de main. » Une dizaine de minutes plus tard (et sans l'aide des passagers), la voie est libre. Plus aucun obstacle ne s'oppose à notre décollage.

T. Ertmann

Nous avons embarqué depuis une bonne demi-heure, mais notre avion en partance de Philadelphie reste collé à la passerelle de chargement. Le commandant annonce : « J'ai une bonne et une mauvaise nouvelle. La bonne, c'est que les problèmes techniques que nous avons sont d'ordre mineur et la mauvaise, c'est que le retard qu'ils vont entraîner est d'ordre majeur. »

M. Müller

À l'aéroport de Marseille, nous attendons le décollage depuis plus d'une demi-heure dans notre avion qui semble cloué au sol. La voix du pilote grésille dans le haut-parleur : « Mesdames, messieurs, veuillez excuser ce retard dû à des problèmes techniques. Deux techniciens sont venus. Et maintenant, ils sont repartis. » Après un bref silence, il ajoute :

« Ce n'est pas pour autant que les problèmes sont résolus, mais nous allons quand même décoller. » J'avais encore rarement vu autant de personnes (moi y compris) rire jaune en même temps. Puis le calme est revenu, nous avons décollé, et le vol s'est bien passé.

P. Schottes

Lisbonne, début juin, par un jour… maussade, froid et pluvieux. Notre avion à destination de Francfort tarde à quitter son aire de stationnement. Le commandant nous adresse le message suivant : « Mesdames, messieurs, nous avons le regret de vous annoncer que notre décollage est retardé de quelques minutes. Il y a encore quelques mécaniciens portugais accrochés au train d'atterrissage et nous préférons les laisser ici. Ils risqueraient de mal supporter le temps horrible de Francfort : 25 °C et ciel bleu. »

K. Faludi

Il est cinq heures du matin et nous nous apprêtons à décoller pour Corfou. Soudain, les lumières s'éteignent, puis se rallument, puis s'éteignent de nouveau. Les petits écrans installés toutes les deux rangées sont rentrés, sortis, rentrés. Puis c'est au tour des moteurs. Ils s'étouffent, comme si on avait tout débranché. C'est le silence et le noir absolus dans l'avion. Jusqu'à ce que l'interphone crépite : « Mesdames, messieurs, comme vous avez pu le constater, nous avons des problèmes techniques. Mais rien de dramatique. C'est un peu comme si votre batterie d'auto venait de lâcher. Un véhicule va venir se brancher sur l'avion pour nous recharger, et ensuite nous pourrons décoller. Et d'ici notre arrivée à Corfou, tout sera sans doute rentré dans l'ordre. »

R. Dittrich

Dans un avion plein à craquer, j'attends avec ma famille que nous décollions de Salt Lake City. C'est alors que l'hôtesse prend la parole : « Mesdames, messieurs, le pilote refuse de décoller parce que l'appareil est en surcharge. » Ce message est déjà pour le moins inhabituel en soi, mais nous ne sommes pas au bout de nos surprises. Une demi-heure plus tard, la fin de l'alerte est sonnée. Le problème a été pour ainsi dire éliminé à sa source : « À présent, nous pouvons décoller, nous avons un autre pilote ! »

H. Dahlhaus

Nous nous apprêtons à embarquer dans un avion de taille modeste à l'aéroport de Londres-Gatwick lorsque retentit l'annonce suivante : « Mesdames, messieurs, l'avion dans lequel vous allez monter a une tenue parfaite dans les airs, mais il présente malheureusement au sol l'inconvénient de se cabrer lorsqu'on charge l'arrière en premier.

C'est pourquoi nous souhaitons faire monter d'abord les passagers des rangées une à dix. Nous vous remercions de votre compréhension ! »

M. Kamann

En 1998, ma femme et moi montons dans un avion de la compagnie Debonair, un BAe 146 d'une capacité de quatre-vingts à cent places. À l'autre bout de la cabine est assis un unique autre passager, perdu dans une mer de fauteuils vides. L'équipage ne cesse de regarder par le hublot pour vérifier si un bus-navette n'est pas en train d'amener un bataillon de voyageurs. En vain. Finalement, l'avion décolle avec en tout et pour tout trois passagers à son bord. Le commandant plaisante : « Madame, messieurs, nous vous souhaitons la bienvenue. En exclusivité aujourd'hui, nous avons l'honneur de mettre à disposition de chacun d'entre vous une hôtesse personnelle pour vous servir. » Un an plus tard, la compagnie faisait faillite...

S. Mayer

Nous venons à peine de faire quelques mètres en direction de la piste et... boum ! Un choc fait s'arrêter net l'avion. Peu après, le pilote se manifeste : « Euh... Mesdames, messieurs, vous en avez sûrement déjà fait l'expérience, effectuer une manœuvre en voiture n'est pas toujours facile. Et avec un Airbus, c'est encore un petit peu plus compliqué. En sortant du parking, j'ai malencontreusement endommagé un des phares d'atterrissage. Nous allons le changer et ensuite nous pourrons décoller. » Une demi-heure s'écoule. Le commandant reprend l'interphone : « Le service technique ne dispose pas de phare en réserve, mais avec de l'adhésif, les dégâts ont été réparés d'une main de maître. J'ai moimême été voir sur place. Je propose que nous partions, comme ça, nous arriverons de jour à destination et nous n'aurons pas besoin de ce fameux phare... »

A. Becker

Notre décollage de l'aéroport de Samos se fait attendre depuis un moment, lorsque le pilote nous informe : « Mesdames, messieurs, le moteur gauche ne démarre pas. Nous pourrions voler avec un seul moteur, mais tout bien réfléchi, nous préférons attendre l'arrivée d'une pièce de rechange, car l'équipage a envie de revenir sain et sauf. »

J. Meyer

Juste après les attentats du 11 septembre, la totalité des vols avait été suspendue à Faro, au Portugal. Le lendemain, nous montons dans l'un des premiers avions autorisés à décoller. Le commandant nous souhaite la bienvenue en donnant les informations habituelles sur la durée du vol et la météo de la destination.

Puis il ajoute : « Si tout se passe bien, nous arriverons vivants à Berlin. » Je dois dire qu'à l'époque, je n'avais pas trouvé ce commentaire très drôle.

M. Rau

Il y a quelques années, j'arrive un peu en retard à l'aéroport. Tous les autres passagers se trouvaient déjà à la porte d'embarquement. Je suis donc seul au contrôle de sécurité. Les deux jeunes et sympathiques agents veulent bien entendu savoir si j'ai des pièces de monnaie ou des clés dans mes poches. Je me permets alors une petite plaisanterie en répondant que je n'ai que des gros billets. Je passe le détecteur de métaux et vais me poster au bout du tapis roulant pour récupérer mon bagage à main et ma veste que j'avais déposés dans une caisse pour le passage aux rayons X. Soudain, l'agent fait signe à sa collègue de venir voir de plus près son moniteur. Les voilà tous deux l'air sérieux, l'œil rivé à l'écran. Je commence à m'inquiéter.
Au bout de quelques secondes, le tapis roulant est redémarré et la caisse ressort du tunnel mais avec en prime un pistolet posé sur la veste ! L'un des agents me fixe du regard et me demande s'il m'appartient. Je sens mon visage se vider de son sang. Avant même que je ne puisse bredouiller une réponse, les deux compères éclatent de rire. Ils avaient placé en cachette un revolver en plastique dans la

caisse. C'est ce qui s'appelle rendre la monnaie de sa pièce.

M. Hillebrecht

Notre vol de Riga à destination de Tallinn est très en retard. L'avion n'est même pas encore arrivé. Les hôtesses nous expliquent que l'appareil a malheureusement quitté la piste en atterrissant ce matin à Saint-Pétersbourg. Puis on nous assure que « dès que l'avion sera prêt, le pilote s'empressera de venir [nous] chercher » ! Nous avons préféré prendre une voiture de location.

O. Stüwe

Tandis que nous roulons en direction de la piste, nous apercevons juste sur notre droite un avion en passe d'atterrir. Mais qu'à cela ne tienne, notre pilote met les gaz pour décoller. Quelques secondes plus tard, il a visiblement changé d'avis. Nous esquivons vers la gauche l'objet volant parfaitement identifié pour aller mordre l'herbe. Grâce à la caméra extérieure, nous voyons l'autre avion en très gros plan passer juste au-dessus de nos têtes. On a échappé de peu à une rencontre de choc avec les autres passagers. Le pilote commente l'incident en ces termes laconiques : « Il y a eu comme un petit malentendu avec la tour de contrôle. Ce sont des choses qui arrivent. »

P. Blum

Tandis que nous sommes en route vers la piste dans un avion en partance d'Athènes à destination de Singapour, nous entendons un message du commandant qui n'est guère fait pour rassurer : « Mesdames, messieurs, nous vous souhaitons la bienvenue à bord. Notre 747 est archicomplet et chargé au maximum. Tous les réservoirs de carburant sont pleins à ras bord. Nous avons atteint le poids maximal autorisé au décollage. Nous allons devoir utiliser la totalité de la piste, jusque dans ses derniers mètres, pour pouvoir décoller, car malheureusement celle-ci est très courte. » Le pilote, qui semblait si bien parti sur sa lancée, a continué de nous angoisser avec ce genre d'informations jusqu'à ce que nous atteignions la position de décollage. Les roues de l'appareil ont fini par décoller du sol, et lentement, très lentement, l'avion s'est élevé dans les airs.

M. Wiebelinski

Il faut à notre avion pas moins d'une vingtaine de minutes pour atteindre l'entrée de la piste de décollage la plus éloignée de l'aéroport d'Amsterdam. Le commentaire pince-sans-rire de notre pilote : « Le reste du trajet se fera en volant. »

G. Greif

Une annonce à l'aéroport de Londres-Stansted a retenu toute mon attention : « Veuillez ne pas laisser les enfants sans surveillance. Tout enfant laissé sans surveillance sera considéré comme suspect et pourra être détruit. »

A. Kleinke

Peu après le dépôt de bilan de la compagnie aérienne Northwest Airlines, le pilote de notre avion nous annonce : « Mesdames, messieurs, vous pouviez voler avec la compagnie insolvable de votre choix. Nous vous remercions d'avoir opté pour la nôtre. »

S. Papsdorf

Nous sommes dans un petit avion d'une vingtaine de places devant rallier Denver à Jackson Hole, aux États-Unis. Tous les sièges sont occupés. Le pilote vient de terminer sa visite extérieure de l'avion. Après être monté dans l'appareil, il s'enquiert auprès de l'unique hôtesse : « Qu'est-ce qu'on a aujourd'hui, des passagers ou de la marchandise ? »

R. Edelmann

Le décryptage des bruits en vol

À bord d'un avion, tout est grondements, grincements, claquements. Les voyageurs réguliers ont sans doute l'habitude de ces bruits, mais en connaissent-ils la signification ? Réponses :

Avant le décollage : le générateur de bord ronronne, les bagages sont chargés, la porte de la soute claque, les caisses de nourriture cliquettent. Les moteurs vrombissent. L'avion se met en branle, cahote sur les aspérités du sol, le fuselage gémit et grince.

Au décollage : juste avant, les réacteurs sont poussés à leur puissance maximale. L'avion décolle dans un grondement, les roues quittent le sol, le train se rétracte, et les trappes de la soute se ferment d'un coup sec. Les volets sont rentrés, le bruit des moteurs s'adoucit.

En vol : la communication des pilotes avec les hôtesses (« Café ! »), des passagers avec les hôtesses (« Whisky ! »), et des pilotes avec les passagers (« Assis ! ») s'effectue à coups de sonnettes et de clochettes, avec en bruit de fond le ronronnement des moteurs (normalement !). Le vent siffle sur le fuselage.

En phase d'approche : les réacteurs sont moins bruyants, car le pilote réduit les gaz. Les volets sortent, le train d'atterrissage /...

descend d'un coup sec. Juste avant la prise de contact, les moteurs ronflent, le pilote procédant aux dernières corrections.

À l'atterrissage : les roues entrent en contact avec le sol, les aérofreins se relèvent, l'inversion de poussée est enclenchée pour freiner l'appareil. L'avion cahote sur l'éclairage central incrusté dans la voie. Vlan ! La passerelle vient d'être déployée. Vous êtes arrivé !

Les consignes de sécurité : « Saisissez-vous d'une hôtesse et plaquez-la bien fort sur le nez »

Elle lève les bras, boucle la ceinture, fait semblant de souffler dans le tuyau : l'hôtesse de l'air vient de commencer le rituel des consignes de sécurité. Avec une chorégraphie parfaitement bien orchestrée, un sourire un peu contraint, elle s'efforce d'obtenir l'attention d'un public ingrat. En attendant le décollage, les passagers préfèrent souvent en effet disparaître derrière leur journal, bavarder avec leur voisin, à moins qu'ils n'essaient désespérément de se raisonner pour rester calmes. Une scène qui se répète inlassablement tous les jours sur tous les aéroports du monde.

Au cours d'un vol à destination de Manchester, un équipage a cependant réussi à briser la routine : « Votre gilet est muni d'une veilleuse de lecture qui s'allume automatiquement au contact de l'eau et d'un sifflet pour attirer les requins », plaisanta l'une des hôtesses. Elle enfila l'habit jaune et tira sur les ficelles devant un public attentif et amusé.

Tout récemment, le personnel de bord d'une compagnie philippine *low cost* a exécuté les démonstrations de sécurité avec gilets de sauvetage et masques à oxygène en dansant sur la musique de Lady Gaga. La vidéo postée sur YouTube a fait sensation. En vérité, cette petite chorégraphie a été exécutée une fois que l'avion avait atteint son altitude de croisière. La démonstration traditionnelle des consignes de sécurité avait été effectuée avant le décollage.

La veste jaune fluo est souvent l'apothéose de la démonstration de sécurité à bord d'un avion, même s'il n'y a pas la moindre trace de mer, de fleuve ou de lac à l'horizon. En Europe, rares sont les vols qui mènent au-dessus de vastes surfaces d'eau. Et même si on doit survoler l'océan ou atterrir sur une piste au bord de la mer, la probabilité qu'un avion de ligne flotte après être tombé dans la mer est quasi nulle. La sécurité offerte par un gilet est donc tout aussi peu élevée.

Pour les vols au-dessus des terres, les compagnies aériennes européennes ne sont pas tenues de disposer de gilets de sauvetage. Mais elles en possèdent, et ce malgré la consommation accrue de carburant engendrée par le poids des vestes, car la présence du paquet sous le siège tranquillise les passagers anxieux. Ces derniers préfèrent souvent placer leur confiance dans cet accessoire peu épais en Nylon équipé d'un sifflet, d'une lampe et d'un système automatique de gonflage plutôt que de miser sur la fiabilité d'un appareil de haute technologie valant plusieurs millions.

La croyance en cet équipement de secours est si forte que la compagnie aérienne régionale Air

Canada Jazz, qui voulait faire des économies de poids, donc de carburant, a soulevé un tollé d'indignation en août 2008 en décidant, conformément aux lois nationales, de supprimer les gilets et d'assigner aux coussins le rôle de bouées de sauvetage. Ses avions ne circulaient pratiquement qu'au-dessus des terres, mais rien n'y fit. « Comment les patients atteints d'arthrite feront pour se cramponner à un coussin ? » s'exclame une dame indignée à la télévision, inquiète pour sa sécurité.

Bon nombre de compagnies telles que la Lufthansa, Alitalia ou Singapore Airlines sont aux petits soins pour leurs clients : elles vont jusqu'à supprimer la rangée 13 dans leurs appareils pour éviter que la superstition et la peur de l'avion ne produisent un cocktail détonant.

Dans ce chapitre :

Des conseils de sécurité qui ne laissent pas de marbre, des hôtesses de l'air pleines d'entrain.

Dans notre avion de Bangkok à destination de la Malaisie, le personnel navigant n'est pas franchement en nombre. Le vol étant de surcroît très bref, l'hôtesse de l'air nous demande si nous pouvons nous passer de la démonstration de sécurité. Nous sommes tous d'accord, sauf une vieille dame américaine. L'hôtesse se rend alors auprès d'elle : « Écoutez madame, en résumé, c'est très simple : si on s'écrase, vous mourrez. »

M. Holtz

Avant le décollage, l'équipage nous explique : « En cas de chute de pression dans la cabine, saisissez-vous d'une des hôtesses et plaquez-la bien fort sur le nez et la bouche. » Il n'est que 6 heures du matin, mais même les habitués de l'avion lèvent le nez de leur journal en souriant.

D. Hüttemann

Lors de la démonstration de sécurité, l'hôtesse de l'air aborde le chapitre de la dépressurisation : « Des masques à oxygène tomberont automatiquement du plafond. Dans les toilettes, il y en a deux de prévu, mais ça ne veut pas dire pour autant que vous pouvez vous y rendre à deux. »

F. Ahland

Après notre embarquement dans l'avion assurant la liaison Budapest-Francfort, le commandant nous fait profiter de ses talents de poète :

« À bord, nous sommes tous maintenant,
À Francfort rendons-nous gaiement.
La lourde porte s'est refermée,
Et la passerelle s'en est allée. »

H. Rothermel

Alors qu'une tempête fait rage autour de nous, le commandant nous souhaite la bienvenue avec le message suivant : « Mesdames, messieurs, comme vous l'avez sûrement constaté, c'est un vieil avion, mais c'est tant mieux, parce qu'il est plus solide que les appareils récents. Vous arriverez à destination sans encombre. Estimez-vous heureux d'être dans un avion : en ce moment, on est plus en sécurité dans les airs que sur la terre ferme. »

J. Schmid

Au cours d'un vol Ryanair ralliant Cork à Londres, le haut-parleur prie les passagers de suivre l'instruction suivante : « En cas d'urgence, arrêtez de crier. »

A. Kleinke

Dans un avion d'Air France au départ de Paris et à destination de Washington, un steward exécute une pantomime pour expliquer les consignes de sécurité. Il mime un masque à oxygène tombant du plafond, l'enfile comme un chapeau, fait la grimace, puis balance son index de gauche à droite : non, pas comme ça ! Puis il porte le masque à son oreille, comme s'il était en train de téléphoner. Son doigt oscille de nouveau : non, pas comme ça non plus ! Puis il l'applique sur sa bouche, tourne son pouce vers le haut, avec un sourire qui lui fend le visage jusqu'aux oreilles : oui, voilà la façon correcte de le mettre !

A. Parkhouse

Nous embarquons à Las Vegas pour un vol de quarante minutes à bord d'un avion de la Southwest Airlines à destination de San Diego. L'hôtesse nous explique le bon usage des masques à oxygène une fois qu'ils sont tombés du plafond : « Enfilez-les par la tête et respirez normalement. Si vous voyagez avec un enfant, mettez d'abord votre masque avant d'aider votre bambin. Si vous êtes accompagné de deux enfants, enfilez d'abord votre masque et demandez-vous ensuite lequel des deux a le plus de chances de faire des études supérieures : c'est celui-là qu'il faut aider en premier. »
Tandis que nous roulons vers de la piste, elle reprend le micro pour nous expliquer qu'elle n'aura pas le temps de passer dans toutes les allées pour distribuer des cacahuètes, vu la brève durée du vol et le nombre de passagers. Elle ajoute que nous pourrons en ramasser par terre. Regards étonnés, froncements de sourcils. Puis l'avion décolle et s'élève dans

les airs. C'est alors que depuis son siège placé tout à l'avant de l'appareil, l'hôtesse laisse tomber des petits sachets de cacahuètes sur le sol, qui se mettent à glisser lentement dans l'allée en direction de l'arrière. Des rires à gorge déployée fusent dans toute la cabine, et les passagers assis à côté de l'allée se baissent pour ramasser les sachets au passage et les distribuer à leurs voisins. Juste avant l'atterrissage, notre bonne fée entonne au micro l'hymne de la Southwest sous un tonnerre d'applaudissements. Ce fut un vol inoubliable.

C. Sykes

Nous sommes au beau milieu d'une démonstration de sécurité qui retient pour une fois toute mon attention. L'hôtesse de l'air vient juste de nous demander « d'éteindre les appareils électriques tels que les machines à laver et les sèche-cheveux » et de ne plus les rallumer pendant toute la durée du vol !

C. Dammermann

Lors d'un vol éclair Strasbourg - Clermont-Ferrand, l'hôtesse cède avec résignation à la traditionnelle démonstration de sécurité : « Je sais que c'est idiot de vous expliquer ça sur ce vol, mais sous votre siège se trouvent quand même des gilets de sauvetage, que l'on utilise de la façon suivante en cas d'urgence… »

H. Kück

Avant notre décollage depuis l'aéroport de Lille, l'hôtesse annonce dans un délicieux accent ch'ti : « Mesdames, mechieurs, in va commincher à vous moutrer les conchignes de chécurité. » Puis de souligner, sur un ton bien plus académique : « Et nous vous conseillons d'être attentifs, parce que nous, on sait déjà comment sortir d'ici ! »

U. Zillmann

Sur notre vol de Prague à destination de Francfort, le pilote nous fait savoir : « Mesdames, messieurs, nos collègues tchèques viennent de nous appeler. Ils ont trouvé des morceaux de train d'atterrissage sur la piste que nous avons empruntée tout à l'heure. Il n'est pas pensable qu'ils proviennent d'un avion de la Lufthansa, néanmoins, nous sommes obligés de passer deux ou trois fois à portée de vue de la tour de contrôle de Francfort pour en avoir le cœur net. » L'avion se livre alors à un ballet devant la tour. Puis le commandant reprend la parole : « Il semble que les collègues de Prague aient raison. Cela signifie que nous risquons de quitter la piste lors de l'atterrissage. Notre équipage va vous réexpliquer les consignes de sécurité. » Inutile de préciser que pour une fois, la démonstration a été suivie avec beaucoup d'attention.

M. Steinau

Dans notre avion qui s'apprête à décoller pour les îles Baléares, l'hôtesse ne trouve rien de mieux à dire, au cours de la démonstration de sécurité, que : « Comme nous allons survoler la mer, je devrais en principe vous expliquer aussi les consignes pour un amerrissage forcé. Mais puisque selon les statistiques, la probabilité de s'en sortir dans ce cas de figure est inférieure à 1 %, je nous en fais grâce. »

M. Schmidt

Sur un vol de la compagnie Alaska Airlines, l'hôtesse nous indique les équipements de secours : « Une histoire d'amour a soixante issues possibles, mais cet avion n'en a que six. »

S. Albrecht

Dans l'avion d'Alicante, un steward nous souhaite la bienvenue à bord avant de poursuivre : « L'appareil dispose de trois cabinets de toilette, deux à l'arrière et un à l'avant. Tous sont équipés de caméras. » Lorsque se fait entendre un grondement d'indignation parmi les passagers, il rectifie : « Excusez-moi, je voulais dire de détecteurs de fumée. »

U. Henn

Nous venons de quitter New York pour rallier la capitale française dans un avion de la British Airways. Outre les informations générales relatives au vol, le commandant nous annonce : « Nous vous rappelons que nos vols sont non-fumeurs. Si vous voulez fumer, veuillez aller dehors. » Après un bref silence, il ajoute : « La température extérieure est en ce moment de – 35 °C. »

J. Budke

Annonce avant le décollage : « En cas de dépression brutale à l'intérieur de la cabine, saisissez-vous des masques à oxygène et gardez le moral ! »

D. Jung

Le steward est en train d'effectuer la démonstration de sécurité : « Dans le cas d'une évacuation d'urgence ou dans l'hypothèse où vous voudriez fuir mes nombreuses collègues, ce 737 dispose de plusieurs issues de secours. »

C. Wolf

Mon collègue et moi sommes les deux uniques passagers de l'avion Paris-Hanovre d'une capacité supérieure à cent places. L'hôtesse nous demande : « Vous faites souvent ce trajet ? » Nous répondons par l'affirmative. Elle fait alors l'impasse sur les consignes de sécurité en déclarant : « Vous connaissez déjà tout ça par cœur », puis distribue à chacun de nous une bouteille d'eau en guise de collation, avant d'aller s'allonger sur les sièges de la dernière rangée jusqu'à notre arrivée à destination.

W. Botsch

Dans l'avion Strasbourg-Nuremberg, le steward explique : « Vous voyez ici comment enfiler le gilet de sauvetage. Mais si nous sommes amenés à amerrir sur ce vol, c'est que le calculateur d'itinéraire a sérieusement débloqué ! »

D. Michalczyk

Avant notre envol pour Londres, une voix dans le haut-parleur annonce la mise en veilleuse des lumières : « Et maintenant, pour le décollage, nous allons créer une ambiance feutrée dans la cabine. Les femmes et les hommes mariés sont priés de ne pas laisser promener leurs mains ! »

D. Beerbohm

Avant de décoller de Crète pour retourner en Allemagne avec un C-160 Transall, le chef avion fait des recommandations aux soldats pour le vol : « Quant aux accros à la nicotine, ils sont priés de ne pas aller fumer devant la porte ; jusqu'ici, personne n'en est revenu ! »

F. Neumann

Le pilote nous souhaite la bienvenue à bord de notre petit avion à hélices de neuf places :

« Bonjour, nous allons décoller dans quelques instants. Si l'un d'entre vous a observé quelque chose d'anormal, qu'il se manifeste maintenant ! » Sur ce, je signale que de l'huile coule au hublot à côté de moi, juste dans le cône de rotation de l'hélice. Le commandant me répond : « Bah, c'est pas grave, ça fait vingt ans que l'avion fuit à cet endroit, et jusqu'ici, il ne s'est encore jamais rien passé. »

G. Rauter

Avant le décollage de l'avion d'Oakland, le commandant prend la parole : « J'ai le regret de vous annoncer que notre cinquième moteur est en panne. Mais nous allons quand même décoller. » Une hôtesse nous rassure : c'est en fait la climatisation qui ne fonctionne pas. Eh oui, le pilote aime bien blaguer ! Et pour régler le problème qui nous concerne, il suffit de faire sortir un petit tuyau en vol.

L. Klumpp

Assis dans les rangées arrière d'un Jumbolino, nous sommes priés par l'hôtesse de ne pas fermer le rideau du hublot lors de la phase d'approche. « Pourquoi ? » souhaitons-nous savoir. Sa réponse ? « Comme ça, je peux voir si un moteur est en feu. Ce n'est pas possible de s'en apercevoir du cockpit. »

D. Schäfer

Nous venons de prendre place à bord d'un nouvel Airbus A340-600 flambant neuf à destination de Dubaï. Mais il semblerait que les innovations techniques de l'appareil donnent du fil à retordre à l'équipage. Une hôtesse effectue plusieurs essais dans le microphone, croyant que le système ne fonctionne pas. Mais nous, nous entendons parfaitement ce qu'elle dit : « Un, deux, test, test. Ohé ? Fffff ! Saloperie de technique ! » En s'apercevant que son commentaire était bel et bien parvenu jusqu'à nos oreilles, elle s'excuse avant d'ajouter : « Espérons que les gars du cockpit s'en sortent mieux que moi avec les nouveaux boutons. »

W. Portner

Tandis que le soleil est en train de décliner, le steward nous annonce avant le décollage : « Mesdames, messieurs, comme vous allez pouvoir le constater, nous allons adapter dans quelques instants l'éclairage de la cabine à la lumière du jour extérieure. Ne soyez pas surpris et détendez-vous. Pour ceux d'entre vous qui n'ont pas de voisin à câliner, il leur suffit d'appuyer sur le bouton au-dessus de lui et mes gentilles collègues seront heureuses de se mettre à votre disposition ! » Ting, ting, ting… Un concert de sonnettes d'appel retentit alors dans la cabine. Quelques minutes plus tard, une hôtesse s'est sentie obligée de préciser à l'interphone que l'annonce faite auparavant était à considérer comme une boutade.

C. Seidel

Dans un avion en partance pour Madrid, le commandant nous souhaite la bienvenue : « Mes collègues vont maintenant vous faire prendre connaissance des consignes de sécurité, car si tous les chemins mènent à Rome, il n'y en a que quatre qui mènent hors de cet avion. »

A. Baur

Les remèdes efficaces contre la peur en avion

Selon des sondages représentatifs, entre un tiers et la moitié des passagers ne se sentent pas bien ou souffrent d'angoisses à bord d'un avion. Voici quelques conseils pour vous aider :

1. Évitez de vous stresser d'emblée avant le décollage : arrivez de bonne heure à l'aéroport.

2. Lors de l'enregistrement, demandez à avoir une place près du couloir et à l'avant de l'avion. On s'y sent en général moins à l'étroit et vous pourrez bouger plus facilement.

3. Évitez les produits contenant de la caféine (thé, café, coca), qui augmentent la pression artérielle. À bannir également : l'alcool, dont les effets se font sentir plus fortement en altitude et donnent l'impression d'avoir perdu le contrôle. Emportez à bord de quoi vous divertir ou vous détendre : jeux de sudoku, livres, musique ou huiles essentielles relaxantes, ou alors bavardez avec votre voisin.

4. Faites un exercice de relaxation musculaire progressive : appuyez votre menton contre la poitrine et les talons contre le sol, serrez les poings, contractez l'ensemble de vos muscles pendant quelques secondes, puis relâchez.

Les turbulences : « Bienvenue dans les montagnes russes ! »

Lorsque le Jumbo Jet se transforme en un cheval qui caracole, que l'airbus A320 s'apparente à un chariot qui parcourt les montagnes russes, et que le Cessna donne l'impression d'être dans un ascenseur, c'est que l'avion est entré dans des turbulences. Lorsqu'ils se trouvent dans des zones de dépression, ces tourbillons d'air sont prévisibles et donc faciles à contourner. Mais ils peuvent aussi prendre le pilote et les passagers au dépourvu en « tombant » du ciel au point de provoquer des dégâts. C'est ce qui est arrivé sur le vol d'un Boeing 747 de la Northwest Airlines en février 2009. En attendant de pouvoir atterrir sur l'aéroport Narita de Tokyo, l'oiseau de fer tourne en boucle au-dessus de la mer, lorsqu'il descend brutalement avant d'être aussitôt aspiré vers le haut. Un passager raconte : « Des voyageurs et les membres de l'équipage ont décollé de leur siège, ils se sont violemment cogné la tête deux fois au plafond, il y a eu au moins trois trous dans le revêtement intérieur. » Sur les quatre cent vingt-deux personnes à bord, quarante-trois ont été blessées. Malgré les signaux lumineux demandant de boucler la ceinture, beaucoup de passagers n'étaient pas attachés.

Mais en général, les turbulences et les tourbillons font moins de dégâts : un gobelet de café chute, les masques à oxygène tombent du plafond sans y avoir été invités, l'estomac joue des tours... En revanche, les trous d'air ne posent pas de problème à l'appareil. Avec des ailes qui ont un débattement allant jusqu'à dix mètres, un avion moderne traverse sans encombre ces turbulences, exactement comme les navires qui ont raison des hautes vagues et les trains qui négocient avec succès les virages. Au fait, dans l'histoire des avions de ligne, aucune aile ne s'est encore brisée sur un appareil aux prises avec des turbulences.

Il y a même des commandants qui apprécient beaucoup ces rodéos, comme le montrent les citations suivantes... à moins que ces derniers ne leur donnent la nausée.

Dans ce chapitre :

Des descentes époustouflantes, des cahots ébouriffants, des vents décoiffants.

Notre petit avion à hélices assurant la liaison Lyon-Cologne est aux prises avec de fortes turbulences. Il est sévèrement ballotté. Tout à coup, nous perdons de l'altitude à une vitesse vertigineuse. Nous avons l'impression d'avoir pris l'ascenseur vers le bas. Finalement, une voix grésille dans le haut-parleur : « Veuillez excuser cette annonce tardive. C'est le copilote qui vous parle. Le commandant ne se sent pas bien, c'est pourquoi il ne pouvait pas prendre l'interphone. Et moi, j'étais occupé à piloter. » Puis il ajoute : « Pour ceux d'entre vous qui aiment les chiffres : la perte d'altitude que nous venons d'encaisser a été de 250 mètres. Pour moi aussi, c'est une première. Bonne fin de vol à voile. Je continue de diriger le planeur. »

R. Bielesch

Sur le vol Miami-Paris, les turbulences deviennent de plus en plus importantes. L'avion monte et descend, des gobelets se mettent à voler dans la cabine, les passagers commencent à s'agiter. Je décide de m'occuper l'esprit en lisant. J'appuie sur le bouton de la veilleuse au-dessus de moi, mais rien ne se passe. Elle ne s'allume pas. J'appelle une hôtesse pour l'en informer. Et elle de me répondre : « Ne vous inquiétez pas, de la lumière, vous en aurez à volonté au paradis ! »

S. Trinh Quang

Tandis que notre minuscule avion à hélices attend l'autorisation de décoller de Denver pour se rendre à Hays au Kansas, l'un des deux tout jeunes pilotes s'avance dans la cabine pour nous exposer les consignes de sécurité. Mais auparavant, il nous avertit : « Mesdames, messieurs, comme vous avez pu vous-même le constater, nous avons droit à l'un de ces fameux orages de l'Ouest. Il faut s'attendre à des turbulences. Je dois vous avouer que depuis que mon collègue et moi avons notre brevet de pilote, nous brûlons d'envie de nous retrouver au moins une fois dans cette machine à laver. De toute façon, on finira bien par redescendre, d'une manière ou d'une autre. »

F. Espenlaub

À l'aéroport suédois de Hagfors, notre petit avion d'une douzaine de places doit être libéré de sa couche de glace avant de décoller pour Stockholm. Nous sommes au cœur d'une tempête de neige. Une fois que notre pilote a fini de surveiller le dégivrage, il monte dans l'appareil en nous saluant d'un joyeux et retentissant « Bonjour ! Bienvenue dans les montagnes russes ! » Cette annonce a été une description parfaitement exacte de notre vol. Peu avant l'atterrissage, et bien que je sois attaché, je décolle de mon siège pour aller me cogner la tête au plafond de la cabine.

M. Wächtler

Peu après avoir décollé de Chicago, notre avion à hélices en route pour Indianapolis se fait sérieusement malmener par des turbulences. Pris de peur, de nombreux passagers s'agitent de plus en plus. Soudain, le rideau du cockpit s'ouvre et le pilote nous lance : « S'il y en a un parmi vous qui croit pouvoir piloter plus en douceur que moi, qu'il ne se gêne pas pour venir prendre les commandes. » Sur ces mots, le calme est revenu *illico* dans la cabine.

H. Rothermel

Fin décembre 1999. Notre avion en provenance de Berlin à destination de Berne *via* Bâle se trouve non loin de la traîne de l'effroyable tempête qui dévasta l'Europe. Au moment de la phase d'approche, le pilote nous fait savoir que l'aéroport de Bâle vient d'être fermé et que nous allons donc poursuivre notre route vers Berne. Peu de temps après, il reprend le microphone : fermées aussi, les pistes de la capitale suisse. Nous devons alors mettre le cap sur Genève. Mais, quelques minutes plus tard, l'avion vire à nouveau en direction du nord, autrement dit vers Bâle. Le haut-parleur reste muet. Au terme d'une approche extrêmement tumultueuse, les roues de l'avion touchent le sol de notre aéroport escale. Le pilote se manifeste : « Finalement, bienvenue à Bâle, notre première destination. Certains d'entre vous ont un billet pour Berne. Ceux qui souhaitent poursuivre ce vol sont priés de lever la main. Après tout, ce n'est pas tous les jours qu'un pilote a l'occasion d'avoir un pareil défi à relever ! » Tous les passagers concernés ont remercié le commandant et ont choisi de se rendre à Berne… en bus.

R. Bollinger

Au cours d'un vol en provenance de Palma de Majorque vers le continent, une voix dans le haut-parleur nous prévient : « Chers passagers, nous allons traverser des turbulences. Mais si notre avion doit s'écraser, ne vous inquiétez pas pour vos bagages. On les partagera de façon équitable entre les membres de l'équipage. »

H. Bohm

Dans l'avion de Malte à destination de l'Allemagne, nous sommes fortement bringuebalés à notre passage au-dessus de l'Italie. Le pilote nous donne une explication : « Mesdames, messieurs, vous n'avez aucune raison de vous inquiéter. C'est juste que dans ce coin, la route a été mal pavée par les Romains à l'époque ! »

D. Wilske

Notre Boeing 747 parti de Bangkok pour gagner l'Europe se fait sérieusement chahuter au-dessus du golfe du Bengale. Le personnel à bord reçoit l'ordre de suspendre immédiatement le service, d'aller s'asseoir et de boucler sa ceinture. Le pilote annonce brièvement l'approche imminente de la dépression avant de conclure : « Chers passagers, cher équipage, bonne chance ! »

J. Dreyer

Notre avion à hélices au départ d'Indianapolis est surbooké, mais personne ne veut se désister. C'est alors que nous entendons dans le haut-parleur l'annonce suivante : « De violents orages éclatent en ce moment sur notre trajet en direction de l'Iowa. Il va falloir s'attendre à de fortes turbulences. Si vous prenez l'avion suivant dans trois heures, le vol sera beaucoup plus paisible. » À ces mots, il se forme une longue file d'attente devant le guichet…

H. Rothermel

Nous sommes dans l'avion à destination de Zurich au moment où une violente tempête qui faisait rage sur l'Europe du Nord commence à s'éloigner. Une fois l'altitude de croisière atteinte, le commandant se manifeste : « Des vents forts sont prévus sur Zurich, mais les météorologues amplifient toujours ! » Juste avant d'entamer l'approche, le pilote nous adresse un nouveau message, cette fois-ci un peu plus réservé : « Je viens de regarder les données actuelles de la météo, et apparemment, ils n'ont *pas* exagéré. Mais peu importe, jusqu'ici, j'ai toujours réussi à poser un avion. » Tous les passagers sont restés calmes. Nous avons eu effectivement une approche tumultueuse suivie d'un atterrissage très rugueux, mais nous sommes arrivés à bon port.

P. Slomian

En janvier 1990, alors qu'une forte tempête se déchaîne sur l'Europe, notre avion qui rallie Rio de Janeiro à Londres est contraint de tourner en boucle au-dessus de l'aéroport anglais en attendant de pouvoir se poser. Une heure durant, le Boeing 747 est secoué comme un prunier, à tel point que même les hôtesses deviennent pâles comme un linge. Des passagers se mettent à prier, beaucoup vomissent. Nous commençons à craindre sérieusement pour notre vie. C'est alors que le pilote se manifeste, faisant honneur au légendaire flegme britannique: « Nous sommes désolés pour ces légers cahots dus à une force inhabituelle des vents. »

G. Niebuhr

Après de très violentes turbulences sur un vol Alitalia à destination de Venise, le haut-parleur crépite: « Veuillez vérifier qu'un gilet de sauvetage se trouve bien en dessous de votre siège. » Pour tranquilliser, il y a mieux…

D. Stahlmann

Nous nous approchons de notre destination par un temps de chien, lorsque le pilote prend la parole : « Mesdames, messieurs, l'atterrissage risque d'être un peu tumultueux. Mais vous pouvez être sûrs que cet avion est plus solide que les nerfs de ses passagers ! » Ce message a eu un effet très rassurant.

M. Schneider

Au cours de notre vol en provenance de Chicago et à destination de l'Europe, le pilote nous annonce : « Mesdames, messieurs, il y a devant nous une zone de dépression et nous nous attendons à de fortes turbulences. Je viens de demander au personnel de suspendre le service. Alors rejoignez vos places et attachez vos ceintures, parce que ça va ballotter. On va danser. » Puis, après un bref et lourd silence, il ajoute en prononçant le mot final à l'américaine : « Ça va être du *rock'n roll* ! » La suite des événements lui donne raison.

M. Schmidt

Sur un vol parfaitement calme, je laisse errer mes pensées. Soudain, l'appareil est ébranlé par de violentes secousses. Tirée subitement de mes rêveries, je regarde par le hublot. Je n'en crois pas mes yeux : là, juste devant moi, le dos d'un autre avion qui file ! Le pilote commente de manière lapidaire : « Hum, les contrôleurs devaient être en train de roupiller. »

W. Hauschildt

Alors qu'il vient d'atteindre son altitude de croisière, notre avion en provenance des îles Canaries subit l'assaut de vents déchaînés. Un silence oppressant règne dans la cabine. C'est sans doute pour cette raison que le copilote se sent obligé d'intervenir en prenant le microphone : « Mesdames, messieurs, nous avons en ce moment un fort vent arrière, c'est pourquoi le vol est un peu houleux. Mais ce n'est pas la peine pour autant de vous cramponner à vos fauteuils… ils sont solidaires de l'avion, ils tomberont en même temps que lui. »

J. Gückel

Notre petit avion, un Embraer, se dirige vers Londres. Mon siège côté hublot est en même temps côté couloir. Avant de pouvoir atterrir, le pilote doit tourner en boucle au-dessus de l'aéroport, car l'espace aérien de la capitale est comme toujours saturé. L'appareil commence à décrire une longue spirale sur la gauche, lorsque tout à coup, il bascule à droite autour de son axe longitudinal de soixante degrés environ, garde cette position pendant quelques secondes, puis tout aussi subitement, bascule à nouveau dans l'autre sens. Les compartiments à bagages s'ouvrent. Et si l'hôtesse parvient à rester debout, c'est sans doute uniquement grâce à sa longue expérience. Pendant quelques minutes, il règne un silence pesant dans l'avion. Puis le pilote prend la parole : « Désolé pour ces secousses, nous venons de passer dans la turbulence de sillage d'un Boeing 747 qui volait juste à trois kilomètres devant nous. » Nous avons eu encore de la chance que ce soit « juste » un 747 : un énorme Airbus A380 était en train de décoller au moment où nous descendions de l'avion.

F. Müssig

Avant notre décollage de Los Angeles, le pilote annonce que nous allons rencontrer de fortes turbulences en nous rendant à Las Vegas : « Mesdames, messieurs, vous avez payé pour faire un tour en l'air, alors, vous allez faire des tours en l'air. » Le service à bord a été annulé. Mais au bout du compte, nous n'avons eu ni turbulences, ni amuse-gueule, ni boissons.

J. Zumpe

Avant le décollage de notre Boeing 767, qui doit effectuer un vol national entre São Paulo et Porto Alegre, je remarque qu'il n'y a pas de copilote dans l'avion. Après le déjeuner, le pilote sort du cockpit, se rend aux toilettes, puis se dirige vers le fond de l'appareil pour aller prendre le café dans la cuisine de bord. Soudain, l'avion roule autour de son axe longitudinal de près de quatre-vingt-dix degrés vers la gauche, puis repivote dans le sens contraire en dépassant l'horizontale, avant de revenir finalement dans sa position normale. Les passagers se mettent à crier, les parois dégoulinent de café. Le commandant retourne daredare dans le cockpit, la chemise toute tachée. Quelques minutes plus tard, il nous explique : « Mesdames, messieurs, nous avons eu un petit problème avec le pilote automatique, mais tout est maintenant rentré dans l'ordre et notre vol va se poursuivre normalement. » Cette péripétie m'a donné à réfléchir. Si le pilote automatique n'avait pas rétabli l'avion dans une position stable, le pilote en chair et en os n'aurait pas pu regagner le cockpit et nous nous serions sans doute écrasés à cause d'une tasse de café !

J. Beck

Notre avion bimoteur en provenance de Rotterdam entre dans une zone de turbulences. Assis dans la première rangée, je vois le chariot de boissons qui est stationné juste devant moi se mettre à rouler avant d'être arrêté par le bord d'une table. Puis il tombe à la renverse, projetant sur moi un mélange chaud et poisseux de café au jus de fruits. Le commandant est informé de l'incident. Il présente ses excuses à l'interphone avant d'ajouter : « Normalement, nous ne servons pas les boissons de cette manière ! »

R. Hass

Alors que nous ne sommes plus très loin de notre destination, le commandant de notre avion annonce : « Mesdames, messieurs, nous avons entamé notre approche sur… » Mais il n'a pas le temps de finir sa phrase : un trou d'air fait brusquement descendre l'appareil. Une seconde plus tard, il poursuit : « Et nous venons juste de prendre un raccourci ! »

J. Zunda

Nous nous apprêtons à décoller d'Ashville dans un petit avion à hélices pour rallier Atlanta, mais la fin d'un ouragan nous contraint à changer deux fois de direction sur la piste. À la troisième tentative, le pilote nous annonce : « O.K., on va réessayer une dernière fois. Mais ça va secouer de toute façon. » Nous réussissons à décoller, mais pendant les dix minutes qui suivent, l'appareil est bringuebalé dans tous les sens. En arrivant enfin dans une zone un peu plus calme, le commandant nous confie : « Ça a été mon pire décollage depuis le Vietnam ! »

A. Baumgartl

Que se passe-t-il en cas de dépressurisation ?

Au cours d'un vol, à l'altitude de croisière, la cabine et le cockpit d'un avion sont pressurisés, car l'air ambiant est « raréfié », il ne contient pas suffisamment d'oxygène. Si la pression de la cabine chute brusquement, la perte de conscience intervient en moins d'une minute. Ce qui explique pourquoi le personnel de bord recommande au passager d'enfiler d'abord son propre masque à oxygène avant d'aider les enfants ou d'autres personnes.

Il faut tirer fermement le masque une fois vers le bas pour activer le générateur situé dans le plafond de la cabine. Ce dernier produit par réaction chimique de l'oxygène pur qui parvient jusqu'au masque par le tuyau. La poche plastique ne se gonfle qu'au moment de l'expiration. Le pilote fait immédiatement piquer l'avion jusqu'à une altitude permettant de respirer sans équipement. La dépressurisation s'accompagne d'un nuage de condensation qui diminue la visibilité en cabine.

Dans ce cas de figure très rare, l'appareil se déroute aussitôt vers l'aéroport le plus proche, d'autant plus que la consommation de carburant à une altitude moindre est accrue.

Les problèmes techniques : « Là, un trou dans la porte ! »

Une odeur âcre se répand dans la cabine. Puis tous les moteurs de l'avion se taisent. Personne ne sait ce qui se passe.

Le 24 juin 1982, le *City of Edinburgh*, un Boeing 747-236B de la British Airways, avec à son bord deux cent quarante-sept passagers, quitte Kuala Lumpur, en Malaisie, pour rallier Perth, en Australie. En chemin, il se retrouve au milieu d'un nuage de cendres dû à l'éruption d'un volcan, le Galunggung, sur l'île de Java, à 150 kilomètres de là. Les fines particules déversées dans l'atmosphère font d'énormes dégâts à une altitude de 11 500 mètres : elles viennent se coller sur le pare-brise du cockpit, le teignant en noir, et en très peu de temps, les quatre moteurs s'arrêtent. L'une des pires configurations possibles, comme il s'en produit très rarement dans l'histoire de l'aviation.

La pression dans la cabine chute, le pilote fait piquer l'avion pour redescendre à une altitude permettant aux passagers de respirer sans masque à oxygène. Malgré les secousses engendrées par cette manœuvre, certains passagers griffonnent des mots d'adieux à leurs proches.

Tandis que l'équipage du cockpit se prépare à un amerrissage sur l'océan Indien, Moody, le capitaine, adresse un message mémorable à ses passagers : « Mesdames et messieurs, c'est votre capitaine qui vous parle. Nous avons un petit problème. Les quatre moteurs de l'avion se sont arrêtés. Nous faisons tout notre possible pour en reprendre le contrôle. J'espère que vous n'êtes pas trop inquiets. »

En l'espace de treize minutes, le *City of Edinburgh* perd plus de 7000 mètres d'altitude, ce qui lui vaudra plus tard une inscription dans le livre *Guinness des records*, pour le plus long vol plané d'un gros avion de tourisme.

Finalement, Moody réussit à récupérer trois des quatre moteurs et à reprendre de l'altitude pour pouvoir se diriger sur l'aéroport de Jakarta. Son atterrissage forcé constitue un véritable tour de force, du fait des nombreuses montagnes dans cette région et de l'absence quasi totale de visibilité. Le pare-brise étant obstrué par les cendres, il pouvait à peine apercevoir les balises lumineuses de la piste. Les phares d'atterrissage de l'appareil ne fonctionnaient pas non plus. Malgré tout, le pilote parvient à poser l'avion sur la piste, bordée de véhicules de secours.

Ce n'est que le lendemain qu'il apprendra que ces problèmes avaient été causés par un nuage de cendres volcaniques. Les mécaniciens qui ont remplacé les moteurs et le pare-brise ont baptisé le Boeing le « cendrier volant ». Plus tard, une passagère, qui a épousé l'un des voyageurs assis devant elle dans l'avion, écrivit un livre relatant les événements. Les passagers et les quinze membres de l'équipage ont éprouvé le besoin de rester en contact après cette incroyable aventure qui a failli tourner à la catastrophe : ils ont fondé le Club de vol à voile de Galunggung.

Dans ce chapitre :

Des portes ouvertes, des moteurs en grève, une hôtesse de l'air illuminée.

Notre avion vient de décoller, mais il a déjà cessé de grimper. Le pilote ne tarde pas à prendre la parole : « Mesdames, messieurs, vous avez sûrement remarqué que nous avons cessé de gagner de l'altitude. La raison en est que… la porte est ouverte ! » Un vent de nervosité et de tension se met alors à souffler parmi les passagers. Puis le commandant apporte des précisions : « Pardon, je me suis mal exprimé. Pour être plus exact, un témoin lumineux indique que la porte n'est peut-être pas correctement fermée. Parce que si elle était ouverte, vous vous en seriez aperçus *illico* en détachant vos ceintures ! »

M. Borgert

Notre pilote s'apprête à entamer l'approche sur Los Angeles, lorsque le train d'atterrissage se met à faire des siennes. Nous passons à deux reprises au-dessus de l'aéroport pour permettre aux agents de la tour de contrôle de vérifier si le train est sorti. Puis le commandant annonce : « J'ai de bonnes nouvelles. Nous pouvons maintenant atterrir. Veuillez ne pas tenir compte des petites voitures jaunes de pompiers. »

K. Jaspert

À mi-parcours sur un vol de nuit entre l'Europe et les États-Unis, un crépitement dans le haut-parleur nous tire de notre sommeil. Un steward à l'air endormi (version diplomatique) ou ivre (version personnelle) nous informe : « Mes... euh..., dames, messieurs... (silence), nous avons un grave problème. » Nouveau silence. Puis il ajoute : « Mais pas *trop* grave. » Nous attendons la suite de son message, oscillant entre la curiosité et l'inquiétude. « Un moteur est tombé en panne », nous explique-t-il. Puis un claquement dans l'interphone. Silence. Puis son exposé reprend : « Nous avons en tout trois moteurs. S'il y en a un autre qui lâche, nous pourrons encore voler. Et si on les perd tous les trois, on pourra encore atterrir ! »

S. Voglreiter

Notre avion vient tout juste de décoller et le voilà déjà en train de descendre. Peu après, l'hôtesse prend l'interphone : « Mesdames, messieurs, nous avons un petit problème avec un témoin de contrôle. Nous devons faire demi-tour. » Après avoir quitté l'appareil, nous sommes dirigés vers une salle d'attente. Au bout d'un moment, on nous appelle pour réembarquer. Nous redécollons, nous élevons dans les airs, et rebelote : l'oiseau de fer semble avoir du plomb dans l'aile et se remet à piquer du nez. L'hôtesse se manifeste quelques instants après : « Mesdames, messieurs, nous avons malheureusement de mauvaises nouvelles pour vous. » Il s'ensuit un silence d'une longueur insupportable. « Le problème du témoin, que nous avons eu au premier décollage, est revenu. » Ma voisine, qui a déjà envoyé un texto d'adieu à son ami, a les mains jointes pour prier. Retour à la case départ. Après le second atterrissage, nous changeons d'avion.

D. Hofmann

De retour de Nouvelle-Zélande, nous faisons escale à Jakarta avant de réembarquer pour l'Europe. L'avion est déjà en train d'accélérer sur la piste, le paysage défile de plus en plus vite sous nos yeux, et nous… ne décollons pas, bien au contraire : le pilote effectue un freinage d'urgence en s'aidant de tous les moyens dont il dispose. Puis nous retournons en roulant depuis l'autre bout de la piste à la porte de débarquement. Le commandant prend alors la parole : « Mesdames, messieurs, je suis désolé, nous avons un problème technique avec cet appareil. Je vais consulter des collègues de notre compagnie pour en débattre. Nous voterons ensuite pour décider si cet avion est en état de voler ou non. » À en juger par la longueur de notre attente, la discussion a dû être serrée. Nous ignorons le nombre des abstentions, mais les « non » ont fini par l'emporter, puisque au bout de plusieurs heures, nous sommes montés à bord d'un autre appareil qui nous a ramenés en Europe sans encombre.

J. Groener

Nous venons tout juste de décoller de Singapour. Soudain, une violente détonation ébranle l'avion. Puis un crissement métallique se fait entendre. Le Boeing 747 se met à vibrer fortement. Sans la ceinture, un certain nombre de passagers se seraient retrouvés les quatre fers en l'air. Peu après, le pilote nous informe : « Euh, comme vous l'avez peut-être remarqué, nous avons eu un problème pendant le décollage. Nous sommes en train d'en rechercher la cause. Tous les instruments indiquent que nous sommes encore en train de voler. Et le fait que nous sommes toujours dans les airs et que je peux vous parler signifie que ce problème n'était que temporaire et que nous pouvons poursuivre ce vol. » Quelques minutes plus tard, l'hôtesse se manifeste, d'une voix faible et fébrile, reprenant les paroles du commandant, comme pour se convaincre elle-même : « Étant donné que nous sommes toujours dans les airs, il n'y a aucune raison de s'inquiéter. » Un message loin d'être apaisant…

C. Steimel

Nous sommes à bord d'un avion qui rallie Akureyri, en Islande, au Groenland. Nous survolons l'Atlantique Nord lorsqu'un témoin d'alarme s'allume dans le cockpit. Par mesure de sécurité, le pilote décide de couper le moteur gauche, et l'appareil fait demi-tour. Après quoi, l'hôtesse chef de cabine boutonne sa veste et met sa coiffe avant de s'avancer devant les passagers pour déclarer : « Bonjour tout le monde, il n'y a absolument aucune raison de s'inquiéter, mais tout ce que je peux vous recommander, c'est de prier, prier, prier ! » Elle se met ensuite à distribuer la totalité des friandises et des boissons se trouvant dans le bar avant d'ajouter : « Si vous vous trouvez soudain dans une sorte de tunnel avec une lumière intense au bout, n'allez pas vers cette lumière ! » Nous atterrissons sans difficulté à Akureyri. Il s'agissait simplement d'une panne électronique. Le problème résolu, nous pouvons poursuivre notre voyage. Mais à notre retour en Islande, alors que nous venons de descendre de l'avion, nous n'en croyons pas nos yeux : le même coucou atterrit un quart d'heure après nous à Akureyri, avec cette fois-ci le moteur droit coupé !

N. Tarouquella

Nous attendons dans la salle d'embarquement depuis un bon moment, mais nous ne voyons nulle trace de notre avion. Enfin, une voix grésille dans le haut-parleur : « Mesdames, messieurs, j'ai le regret de vous annoncer que votre avion ne répond plus ! » Un silence de mort se répand dans tout le hall. Puis la voix poursuit : « Nous allons donc le redémarrer, comme vous le faites chez vous avec votre ordinateur. »

M. Heicke

À l'aéroport de Buenos Aires, je suis en train de faire la queue pour l'enregistrement afin de regagner l'Allemagne. L'attente est interminable, nous avançons à pas de tortue. Cette première épreuve terminée, le parcours du combattant se poursuit. Dans la salle d'enregistrement, on nous annonce à deux reprises un retard d'une heure en raison de problèmes techniques. La seconde heure de retard étant déjà écoulée, nous avons droit au bon de restauration obligatoire (mmh, miam, miam...). Ensuite, on nous fait aimablement savoir que la panne n'étant pas si simple à réparer, nous allons être emmenés à l'hôtel. C'est donc quelque chose de sérieux. Le lendemain, nous retournons à l'aéroport, où cette fois l'enregistrement s'effectue rapidement. Alors que nous roulons en direction de la piste, le pilote nous annonce sans ambages que le problème technique de la veille n'a pu être résolu: les masques à oxygène sont hors service. Mais, nous rassure-t-il, tout cela n'est pas grave, nous allons voler à une altitude plus basse. De cette façon, il y aura déjà suffisamment d'oxygène dans la cabine en cas de complication. Il n'y a pas eu beaucoup de réactions à cette annonce, car il avait eu la bonne idée de ne parler qu'en allemand. Je traduis le message pour quelques Argentins, avec qui j'avais fait plus ample connaissance à l'hôtel (nous avions le temps!). Des voix s'élèvent alors dans la cabine. Au final, le vol s'est passé sans encombre.

J. Francke

Notre avion parti de Berlin vole depuis un bon moment en direction des îles Canaries, lorsque le commandant nous fait cette annonce : « J'ai une bonne et une mauvaise nouvelle. La bonne, c'est que nous allons déjà atterrir dans une heure. La mauvaise, c'est que nous allons atterrir à Berlin. » Après une courte pause, il poursuit : « Comme nous avons un problème avec le système hydraulique, nous ne voulons pas nous risquer au-dessus de la mer ! » Tout s'est bien passé, mais les voitures de pompiers qui se tenaient prêtes au bord de la piste ne présageaient rien de bon.

D. Huschek

Nous montons à bord d'un avion à destination de Barcelone. Nos places se situent juste à côté des issues de secours au-dessus des voilures. Après le démarrage des turbines, j'ai l'impression que les moteurs font plus de bruit que la normale. Et en effet, je remarque une petite fente dans la porte qui laisse passer le jour. Interloqué, j'appelle un steward qui confirme ma découverte en promettant de s'en occuper. Il revient au bout de quelques minutes, l'air optimiste. Il en a parlé aux techniciens, me déclare-t-il, et selon eux, ce n'est pas un problème, puisque la pressurisation de la cabine va plaquer la porte contre le cadre et ce faisant la fermer hermétiquement. Cette explication ne nous tranquillise pas réellement. Nous demandons donc à être placés ailleurs pour ne pas nous trouver juste à côté de la porte, au cas où. Il nous désigne d'autres sièges, et nous décollons normalement. Le vol s'est déroulé sans encombre, si bien que le steward nous chuchote d'un ton insouciant au moment de l'approche finale : « Vous voyez bien que ça a tenu ! »

M. Scheuerl

« Bienvenue à Detroit ! » : une voix dans l'interphone annonce notre arrivée imminente à destination. L'avion s'apprête à se poser, et soudain… le pilote remet les gaz. Le haut-parleur reste désespérément muet pendant cinq minutes. Puis enfin, il crépite : « Mesdames, messieurs, nous avons dans le cockpit un témoin rouge allumé qui nous signale qu'il y a un problème avec le train d'atterrissage. La tour de contrôle estime qu'il est bien sorti, mais nous préférons vérifier dans le manuel de l'appareil. » Une demi-heure et quelques bruits étranges plus tard, nous atterrissons en toute sécurité.

M. Pokern

Les passagers de notre vol à destination de l'Espagne viennent d'être appelés pour l'embarquement. Nous montons dans l'avion et nous dirigeons vers les numéros de nos sièges, mais, nous fait-on savoir, aujourd'hui, on a le libre choix des places ! Et autant que possible, dans le tiers arrière de l'appareil. Nous sommes quelque peu étonnés, mais nous nous exécutons. Tandis que l'avion est en train de rouler en direction de la piste, un steward nous explique la raison de cette configuration inhabituelle : « Comme vous l'avez remarqué, l'appareil n'est pas plein. C'est dû au fait que l'une des portes avant est défaillante. C'est pour cela que nous ne pouvons pas charger complètement l'avion. » Nous tombons tous des nues, notre moral part en quenouille. Et pourtant, ce n'est que le début. Au moment du décollage, le steward revient vers nous : « Veuillez éteindre vos téléphones portables ! » Nous jetons tous un coup d'œil à nos appareils, aucun n'est allumé. Deux minutes plus tard, il réitère sa demande. Tout cela devient fort inquiétant. Mais le décollage se passe bien. Peu de temps après, le steward revient à la charge : « Mesdames, messieurs, nous avons un petit problème. » Mes nerfs sont dans un piteux état, et je ne vous parle pas de ceux de ma femme, qui est sur le point de partir en vrille. Puis le gaillard ajoute : « Nous avons le regret de vous annoncer que nous ne pouvons pas vous servir de café aujourd'hui. » Je reste persuadé que sur le moment, une bonne vingtaine de personnes aurait voulu le lyncher. C'était un avion de la compagnie Sabena, qui a depuis fait faillite.

F. Manso

Avant le décollage de notre Boeing 777 de Chicago, on nous annonce : « Mesdames, messieurs, différents boulons ont été trouvés sous notre avion. Le service technique est en train de vérifier s'ils proviennent de notre appareil. » Environ une heure plus tard, nouveau message : « Bonne nouvelle, les boulons trouvés n'appartiennent pas à notre Boeing. Mais... au cours du contrôle, il est apparu qu'il nous manquait quand même des boulons à certains endroits. »
Une autre petite heure plus tard, nouveau et dernier message : « Apparemment, tous nos boulons sont maintenant en place. Nous allons donc décoller dans quelques instants. »

R. Bielesch

Il est 6 h 40. Notre pilote a entamé la procédure de décollage. Il accélère, ou plutôt essaie d'accélérer : l'avion roule vite, mais il n'y a pas de réelle poussée. À l'évidence, il y a quelque chose qui cloche. À mi-parcours sur la piste, le pilote fait virer l'avion sur une voie de roulement. Puis il prend l'interphone : « Comme vous l'avez remarqué, mesdames, messieurs, ce n'était pas ce qu'on appelle un décollage. Nous avons un petit problème informatique. Vous avez sans doute déjà connu ça avec votre PC en l'allumant le matin au bureau. Parfois, il n'a pas envie de démarrer. Eh bien, la même chose peut arriver à un ordinateur de bord ! Nous allons faire venir un technicien pour réparer ça. » On ne peut pas dire que ce message nous ait rassérénés. Mais finalement, la suite du vol s'est bien passée.

M. Winter

Nous avons pris place à bord du McDonnell Douglas DC-10 au départ de San Juan, à Porto Rico. Soudain, nous voyons des techniciens s'avancer vers l'appareil avec une échelle. Ils examinent le moteur gauche. De mon siège, je peux observer tout ce qui se trame. Un véhicule de pompiers muni d'un canon à eau sur le toit de la cabine arrose le moteur. Le cockpit nous informe : « En faisant le plein, le carburant a débordé, et on est maintenant en train de laver. » Puis l'avion se met en branle en direction de la piste, accélère, et juste avant le « point de non-retour », ledit moteur explose. Je vois d'abord des flammes, puis un nuage blanc provoqué par le système d'extinction automatique. Le feu a été immédiatement maîtrisé. Le pilote exécute aussitôt un freinage d'urgence. Il a dû se mettre debout sur les freins. C'est incroyable de voir à quelle rapidité un engin aussi lourd peut être freiné. Nous retournons à la porte de débarquement et sortons de l'appareil. Tandis que nous attendons tous de connaître la suite des événements, le commandant de bord, un homme aux environs de la soixantaine, de très petite taille, arrive vers nous. Il est naturellement assailli de questions.

Avec un large sourire, il nous dit simplement : « À une ou deux secondes près, nous aurions eu un sérieux problème. »

W. Schwarzer

Assis à une place côté fenêtre à bord d'un avion de ligne américain, je laisse machinalement errer mon regard sur l'aile, qui se trouve juste en dessous de moi. Et là, je peine à croire ce que je vois. Je redouble d'attention, et désormais, le doute n'est plus possible : non seulement il y a une grande fente en travers de la voilure, mais en plus, elle s'agrandit à chaque balancement de l'avion. J'informe discrètement l'hôtesse que l'oiseau de fer risque bientôt de ne plus battre que d'une aile avant de lui montrer ma découverte. Elle devient pâle comme un linge et m'enjoint de ne rien dire avant de s'éclipser. Quoi qu'il en soit, les longues heures qui ont suivi m'ont donné des ailes pour prendre de la hauteur.

V. Stieber

Mon ami Frank et moi nous rendons au Népal. Pour lui, c'est son baptême de l'air et son premier voyage en Asie. Un instant mémorable. Et forcément, à l'instar de ceux qui prennent l'avion pour la première fois, les bruits qui se font entendre dans l'appareil l'inquiètent un peu. J'essaie de lui décrypter : Zzzttt, zzztt ! Frank : « C'était quoi, ça ? » Moi : « Le pilote vient de vérifier les volets. Regarde par le hublot. » Boum, Bong ! Frank : « Et ça ? — Le chargement des bagages ! » Vlan ! Frank : « Et ça ? — Hmm, ils viennent de refermer la soute. »

Rassuré, Frank se recule dans son fauteuil et ferme les yeux. « Ah bon. »

Clac, clac, ping ! L'appareil se met à reculer. Je traduis : « Maintenant, ils ont accroché le remorqueur devant pour pousser l'avion ! — D'accord. »

Alors que nous sommes arrivés à l'entrée de la piste, le commandant de la Royal Nepali Airlines nous annonce : « Mesdames, messieurs, nous nous apprêtons à décoller. Nous... » Tout à coup, un bruit retentit. Il semble se propager de l'avant vers la queue de l'appareil. C'était comme si on déchirait du papier, mais en infiniment plus fort. « Oh, c'est rigolo ! C'est normal, hein ? » s'enquiert Frank. Je réponds : « Euh... eh bien ! en fait... » Une certaine nervosité a gagné les passagers, et certains demandent à voix haute ce qu'il s'est passé.

Le pilote se manifeste : « Mesdames, messieurs, j'ai le regret de vous annoncer que nous avons des prob... » À cet instant, on entend un grand bang. Et puis, clac : plus de courant. Plus de lumière. Les moteurs s'arrêtent aussi de tourner. Une plantureuse hôtesse népalaise tente de calmer des passagers. « Il n'y a pas de problème, monsieur, pas de problème... Ne vous inquiétez pas et soyez patient. Notre commandant est quelqu'un de très expérimenté. »

Nous sommes dans le noir absolu (il est 21 heures), et personne ne nous met au courant. Des cris provenant du cockpit arrivent jusqu'à nous. Puis on s'active sous l'appareil. Un véhicule de démarrage vient relancer les moteurs. Les lumières se rallument, les hôtesses de l'air affichent un sourire professionnel. Mais le calme ne revient pas réellement parmi les passagers. Quelques-uns confient autour d'eux qu'ils veulent descendre, mais n'osent pas en parler à l'hôtesse. Puis le haut-parleur crépite de nouveau : « Mesdames, messieurs, nous sommes maintenant prêts à décoller. Que le ciel soit avec nous. » Les moteurs vrombissent et l'avion s'élance sur la piste. Tandis que nous commençons à nous élever dans les airs, Frank dit : « Eh bien, espérons que ça ne se reproduira pas à 10 000 mètres d'altitude ! » Il prononce ces paroles sur un ton très calme, mais déterminé et suffisamment fort pour que les passagers autour de nous puissent entendre. Pendant tout le vol jusqu'à l'atterrissage à Dubaï, un silence de plomb a régné dans la cabine.

U. Kunz

Notre avion décolle avec deux heures de retard en raison de problèmes techniques. Nous volons quasiment en rase-mottes à une altitude de 2 000 mètres en direction de l'Angleterre. Le commandant de bord nous adresse un message : « Nous vous souhaitons la bienvenue sur notre vol à destination de Luton. Comme nous vous l'avons déjà annoncé, nous avons rencontré des problèmes techniques, mais nous sommes maintenant en route pour notre entrepôt de pièces détachées de Luton. »

G. Bierbrauer

Nous sommes en plein vol, lorsque soudain : bang ! À l'extérieur de l'avion, sur le côté droit, un énorme bruit retentit, l'appareil est brièvement secoué, puis quelque chose se met à battre en permanence contre la carlingue. L'hôtesse puis le pilote viennent jeter un coup d'œil par le hublot derrière l'aile, mais ne voient rien d'anormal. De retour dans le cockpit, le commandant prend l'interphone : « Nous ne savons pas ce que c'était, mais une chose est sûre, nous sommes encore en train de voler. Nous allons descendre à 4 000 mètres et poursuivre ce vol. » Par mesure de précaution, on demande aux passagers d'aller s'asseoir du côté gauche. Après l'atterrissage, nous apprenons ce qu'il s'est passé : un cache s'était ouvert, le toboggan d'évacuation s'était arraché et une pièce métallique tapait contre la carlingue.

U. Hofmann

Avant d'embarquer pour Washington, on nous fait savoir dans la salle d'attente par le haut-parleur : « Mesdames, messieurs, nous avons une panne sur l'avion. Nous sommes en train de la réparer, c'est pourquoi le décollage est retardé. » Par la fenêtre, nous voyons les pilotes feuilleter fébrilement d'énormes bouquins. Une heure plus tard, nouveau message : « La Lufthansa a décidé de changer d'appareil. Nous vous prions donc de patienter encore un moment. » Soixante autres minutes plus tard, l'avion n'a pas bougé d'un pouce. On nous annonce : « Mesdames, messieurs, votre appareil est prêt pour l'embarquement ! » Le pilote a ensuite rassuré les passagers : « C'était juste une petite ampoule à 80 centimes. Soyez assurés que cet avion est à 100 % en état de voler ! D'ailleurs sinon, je ne viendrais pas avec vous à Washington. »

D. Mallwitz

À une époque où les vols s'effectuaient encore avec un mécanicien dans le cockpit, un de mes amis vient de prendre place à bord dans la rangée de l'issue de secours, lorsque son voisin l'interroge : « Vous avez peur de l'avion ? » Il répond : « Pas vraiment, les avions sont de nos jours tellement sûrs, les accidents sont extrêmement rares. » Le voisin interrompt la discussion, sans doute déçu de ne pas avoir trouvé de compagnon d'infortune. Il ne se sentait probablement pas pris au sérieux.

L'avion décolle, un repas est servi, les passagers font la sieste. Le niveau sonore à l'intérieur de la cabine a sensiblement diminué. Soudain, le voisin se redresse, tout agité : « Vous entendez ce sifflement bizarre ? » Mon ami ne perçoit *a priori* rien d'anormal. Il tend l'oreille en tournant légèrement la tête vers la droite et vers la gauche, et en effet, il distingue un sifflement aigu et relativement fort en provenance de la porte. Il se lève pour aller voir de plus près. « Il y a un trou », constate-t-il. Le visage du voisin vire au vert. Dans le coin gauche inférieur de l'encadrement, la lumière du soleil perce à travers un trou minuscule. Le sifflement est provoqué par le flux de l'air qui s'échappe de la cabine.

Totalement paniqué, l'homme aérodromophobe se jette sur le bouton pour appeler le personnel. « Il y a un trou dans la porte ! » lance-t-il à l'hôtesse. Regard incrédule. Des passagers montrent l'orifice, en évoquant le sifflement. Elle déclare alors : « Oh ! je vais chercher le chef de cabine ! » Ce dernier, qui arrive au bout de quelques minutes, ne réussit qu'à augmenter le malaise. « Hmm, je vais chercher le mécanicien de bord. » De grosses gouttes de sueur perlent sur le front du passager angoissé. « Ce n'est pas dangereux, ce genre de trou dans la carlingue ? » demande-t-il au steward. « Tout dépend s'il s'agrandit ou non. » Logique.

Finalement, le technicien arrive. Il examine la porte avant de déclarer : « Pas de problème, on va régler ça tout de suite. » Il s'éclipse un instant, revient avec un rouleau de ruban adhésif, et en superpose trois morceaux sur le trou. Le sifflement disparaît, et la lumière du soleil qui passait à travers également. Toutefois, il a fallu encore un bon moment au passager tourmenté pour croire que l'incident était vraiment clos, du moins pour le reste du vol.

M. Buchheit

La portée d'un avion en vol plané

Même si tous les moteurs tombent en panne, les avions de ligne peuvent parcourir des distances impressionnantes en vol plané. À une altitude de 10 000 mètres, un Airbus A320 peut voler encore environ 150 kilomètres. Cependant, les virages et autres manœuvres entraînant une perte d'altitude, la portée d'un avion permettant d'atterrir en urgence sur un aéroport est inférieure dans la pratique. Elle varie également en fonction du poids de l'appareil.

Dans les pays lointains : « Dans cockpit vous pouvoir acheter vodka »

Les voyages forment la jeunesse, d'après le dicton. Parfois, prendre l'avion suffit déjà à donner un aperçu des cultures étrangères. Par exemple, celui qui a choisi la compagnie arabe Qatar Airways peut se faire indiquer à tout moment la direction de La Mecque sur l'écran devant lui. Celui qui vole en Chine s'étonnera de trouver des empreintes de pied sur la lunette des toilettes. Les passagers à bord d'un avion en Alaska seront surpris de voir des chiens de traîneau dans la cabine. Et celui qui voyage avec des compagnies russes pourra être confronté à un vice national : la boisson. La plupart du temps, ce sont des passagers eux-mêmes sous l'emprise de l'alcool qui, après avoir fait honneur tôt le matin au whisky, à la vodka ou au cognac achetés dans les boutiques hors taxes, importunent les autres voyageurs. Parfois, ces derniers vont jusqu'à les enfermer dans les toilettes, comme ce fut le cas en janvier 2008 sur un vol Kaliningrad-Moscou. Il a été également rapporté le cas de passagers russes qui se seraient révoltés parce qu'ils supposaient que le commandant de bord était ivre.

En décembre 2008, à l'aéroport de Moscou, le pilote Alexandre C. d'un Boeing 767 salue ses passagers d'une façon si confuse que les auditeurs ne peuvent même pas identifier la langue. Inquiets, ils protestent auprès de l'équipage. Mais celui-ci se contente de demander aux voyageurs de sortir de l'avion s'ils ne souhaitent pas partir avec le commandant. Les passagers passablement irrités exigent de voir ce dernier. Le visage de celui-ci est cramoisi, ses yeux emplis de sang. « Est-ce que j'ai l'air d'être ivre ? » demande C. « Oui ! » rétorquent quelques voyageurs.

Ce n'est qu'au bout de violentes protestations et de longues heures d'attente que la compagnie accepte de changer le pilote. Un employé assure sans sourciller à un reporter qui se trouve parmi les passagers qu'un commandant ivre ne représente en fait pas de danger pour voler. « Il n'a qu'à appuyer sur un bouton, et l'avion vole tout seul, dit-il. La pire chose qui puisse arriver, c'est qu'il trébuche dans le cockpit. » Plus tard, la compagnie a présenté ses excuses en avouant que C. avait fêté son anniversaire la veille au soir. Mais elle contesta le fait que le pilote fût encore soûl au moment de monter dans l'avion.

Autres pays, autres coutumes, et parfois aussi autres concepts de sécurité. Au besoin de dépaysement se mêle parfois dans certains coins du globe un soupçon de peur. Surtout lorsque le voyage doit se poursuivre avec des compagnies locales qui ne satisfont pas aux critères de sécurité européens.

Le crash d'un avion de la compagnie Yemenia Airlines près des Comores en juin 2009 a révélé que des Français d'origine comorienne s'étaient plaints depuis longtemps de ces « cercueils volants » qui décollaient de l'aéroport yéménite de Sanaa. Souvent, des ceintures étaient manquantes, les toilettes bouchées. Dans les avions surbookés, des passagers étaient assis dans le couloir à côté de bagages branlants.

Il n'y a pas que l'équipage et la technique qui soient capables de gâcher le plaisir du vol : sur les pistes lointaines errent parfois des indigènes qui n'appréhendent pas totalement le danger auquel ils s'exposent. Des gazelles et des gnous trottent sur les pistes africaines, des vaches sacrées broutent d'un calme stoïque dans le brouhaha des avions en Inde, les kangourous sautent sur les étendues des pistes australiennes. Sur de petits aéroports dans les pays africains, il est recommandé de faire un tour supplémentaire avant d'atterrir pour apercevoir le terrain à basse altitude. Ce qui n'est pas sans donner quelques frissons aux passagers…

Dans ce chapitre :

De sacrés obstacles, des survols paradisiaques, des traductions déroutantes.

Sur un vol Francfort-Agadir, l'équipage de Royal Air Maroc essaie de faire les annonces dans notre langue. Résultat : « En cas d'urgence, vous allez être renvoyé par les petites lampes vers les issues de secours. »

P. Hoffmann

Même s'ils se passent sans incident, les vols avec les compagnies aériennes russes sont rarement une partie de plaisir. L'avion que nous aurions dû prendre a été abattu deux jours plus tôt par des Tchétchènes particulièrement patriotiques. L'ambiance dans la cabine de l'appareil de remplacement n'est pas franchement joyeuse. Le coucou ne semble tenir que grâce à des kilomètres de ruban adhésif. Puis le commandant parvient à détendre considérablement l'atmosphère en annonçant dans les deux langues : « Dans cockpit, vous pouvoir acheter pour petit argent vodka et bière ! » Un point de vente plutôt inhabituel. Manque de chance pour moi, j'avais avalé auparavant un calmant qui interdisait la prise d'alcool.

Y. Schwarz

Peu avant la phase d'approche, l'hôtesse débite les formules d'usage : « Mesdames, messieurs, dans quelques instants, nous allons atterrir à Mumbai. Veuillez regagner vos places, attacher votre ceinture et redresser le dossier de votre fauteuil. » L'avion commence à descendre. Mais voilà que dix minutes plus tard, il vire brusquement sur la droite et reprend de l'altitude. Le copilote australien nous annonce : « La piste qui nous a été assignée est apparemment occupée par des vaches. Notre atterrissage risque d'être, passez-moi le jeu de mots, vachement retardé. La tour nous a informés qu'on ne pouvait pas brusquer les choses, mais qu'ils font tout pour attirer les animaux sacrés hors de la piste. » Après un bref silence, il poursuit : « Espérons qu'ils réussiront avant que nous ayons une panne sèche. Parce que, sinon, nous serons obligés d'aller aux vaches[1]. En attendant, profitez des tours de manège supplémentaires. Et bienvenue en Inde ! » Ces sacrées vaches semblent vouloir nous jouer un tour de cochon. Heureusement, les dieux ne sont pas vaches avec nous : après avoir tourné en rond pendant trois quarts d'heure, nous avons pu regagner en toute sécurité le plancher des vaches.

S. Preussker

Pendant l'approche sur l'aéroport de Bangkok à bord d'un vol Thai Airways, le pilote nous donne les informations d'usage sur le décalage horaire, la météo et les températures. Puis il ajoute avec une pointe de hargne : « Au fait, 99,99 % des Thaïlandaises ne sont pas des prostituées. »

L. Neumann

---

1. Dans le jargon de l'aviation : faire un atterrissage forcé, hors aérodrome.

L'avion atterrit dans une région reculée de la Chine. Les passagers étrangers s'étonnent de voir que la localité entière s'est déplacée en voiture et à bicyclette pour assister à l'événement. Ils ont bien vite l'explication : après le départ de l'appareil, tous quittent la bordure de la piste pour utiliser à nouveau cette dernière comme une route.

E. Spohd

En l'an 2000, sur un vol Emirates de Dubaï à destination de Riyad, l'hôtesse annonce après l'atterrissage : « Bienvenue en Arabie Saoudite. Veuillez retarder vos montres d'une heure et d'un siècle, la température extérieure est de… »

K. Splett-Henning

Je dois prendre l'avion à Novossibirsk, en Russie, pour me rendre dans une ville située à environ 200 kilomètres de là. Dans le minuscule coucou tout vétuste, les bagages, dont une chèvre, sont entassés entre les passagers. Le commandant laisse la porte du cockpit ouverte. Cela permet de jouir d'une vue splendide vers l'avant, mais d'un autre côté, on a la nette impression de se trouver à bord d'un tracteur volant. Dès le début, je me mets à prier intérieurement pour que ce cauchemar se termine au plus vite. Pour me détendre, je vais dans la cabine du pilote et échange quelques mots avec lui. Soudain, il se lève en me disant de prendre place sur son siège. Il me montre brièvement comment tenir le manche et disparaît pour aller aux toilettes. Des perles de sueur dégoulinent sur mon front. Mais heureusement, il est revenu rapidement, un large sourire sur les lèvres !

M. Bergmann

Alors que les roues de notre avion viennent de toucher le sol de l'aéroport de Dalaman, en Turquie, notre pilote doit remettre les gaz. La deuxième tentative est également avortée. Nous tournons ensuite en boucle pendant une dizaine de minutes au-dessus de la mer. Ce n'est qu'au bout de la troisième fois que le commandant réussit à transformer l'essai et à atterrir. Il nous explique sur un ton passablement énervé : « La première fois, il y avait des vaches sur la piste. Et le moins que l'on puisse dire, c'est que l'anglais de l'aiguilleur turc n'est pas franchement un gage de sécurité. Puis juste au moment de la seconde approche, le vent a tourné, et nous avons dû attendre en tournant en boucle. »

C. Bendel

Sur un vol Emirates en provenance de Dubaï, peu avant la phase d'approche, le steward annonce dans un français approximatif : « Mesdames, messieurs, veuillez rendre vos basques. » Il était en fait question des casques écouteurs. Après l'atterrissage, tandis que nous roulons en direction du terminal, il reprend l'interphone : « Tant que l'avion est en train de couler (!), veuillez pester assis et garder vos peintures attachées. Les températures s'élèvent à 80 °C. » Il faisait en fait 24 °C. On était certes en plein été, mais tout de même...

S. Gregory

De retour de Nouvelle-Zélande, je fais escale à Bangkok. Une employée de la compagnie Thai Airways nous accompagne dans l'aéroport jusqu'à notre correspondance. Soudain, elle s'arrête. Un de ses collègues s'avance vers nous pour nous annoncer : « Nous sommes navrés, mais vous ne pouvez partir pour Munich ce soir. Nous avons perdu l'avion, et pourtant, cet après-midi, il était encore là ! »

J. Hahn

Au cours de l'approche au-dessus d'Amsterdam, nous voyons un incendie important sévir non loin de l'aéroport. Le pilote se manifeste : « Pour tous ceux qui viennent à Amsterdam pour la première fois : sur votre gauche, vous apercevez un de ces fameux *coffee shops*. »

J. Schiff

Notre avion de SilkAir en provenance de Singapour s'apprête à atterrir sur l'aéroport de Lombok, en Indonésie. Les roues entrent d'abord durement en contact avec le sol, puis l'appareil rebondit, touche une nouvelle fois le sol, avant que le pilote ne remette les gaz pour redécoller. Nous effectuons une boucle dans les airs et atterrissons finalement en douceur. Le copilote nous explique ensuite : « Mesdames, messieurs, chers amis des bêtes, lors de la première tentative, le commandant a vu des crocodiles sur la piste, c'est pourquoi nous sommes remontés pendant quelques instants. Après, la piste était trop courte pour pouvoir s'arrêter. Au second atterrissage, tous les crocodiles étaient partis. Ils n'ont pas eu la moindre égratignure. Nous serions heureux de vous revoir à bord d'un avion de la compagnie aérienne la plus respectueuse des animaux au monde. »

M. Hierl

Annonce sur un vol Dubaï-Zurich : « Nous venons de quitter l'espace aérien grec, ce dont nous pouvons nous réjouir parce que l'anglais des aiguilleurs ne vole pas très haut. »

M. Müller

Pilote professionnel au Canada, j'ai transporté il y a des années des hommes d'affaires sur un bimoteur Piper Navajo. Ces avions n'ont pas de cockpit fermé, de sorte que les passagers entendent tout ce qui se passe à l'avant.

C'était pendant la période de la première guerre du Golf. Nous étions en phase d'approche sur l'aéroport de Saint-Hubert, près de Montréal, qui était également utilisé par l'armée. Nous survolions un quartier de résidences militaires. Des enfants qui avaient dû trouver une fusée éclairante se sont mis en tête de la tirer dans l'obscurité. Et ils ont bien failli taper dans le mille ! Le projectile nous rate de quelques mètres seulement. Tandis que les passagers paniqués se mettent à crier, mon copilote appelle calmement la tour de contrôle : « Vous êtes sûrs que nous sommes bien à Saint-Hubert et pas à Bagdad ? »

R. Wild

Au cours d'un vol El Al à destination de Tel-Aviv, le pilote annonce : « Si tout se passe bien et que notre avion n'est pas abattu, nous serons dans trois bonnes heures à Tel-Aviv. Il fera là-bas aussi mauvais temps qu'ici. »

C. Wolf

Avant de décoller de l'aéroport australien de Proserpine, dans le Queensland, le pilote prend la parole : « Mesdames, messieurs, c'est votre commandant qui vous parle. Je vous prie de nous excuser pour le retard, mais vu d'ici, il semble que le personnel au sol doive d'abord faire dégager la piste. » Un bon moment plus tard, il se manifeste de nouveau : « C'est encore votre commandant qui vous parle. Au train où vont les choses, il va falloir patienter encore un moment. » Du hublot, nous voyons des agents dans des voiturettes à bagages tenter de chasser des kangourous. Des quadrupèdes-sauterelles élégants, mais ô combien vifs. Et que ça saute !

F. Jaeger

Notre avion de l'American Airlines, qui a décollé depuis environ deux heures de Boston, est en route pour l'Europe. Soudain, nous sentons l'appareil virer. Il fait demi-tour. Le steward, dont le français était un peu rouillé, nous annonce : « Mesdames, messieurs, nous avons tourné parce que l'un des moteurs brûle. Nous allons maintenant descendre dans un monde nouveau. » Un vent de panique souffle sur les passagers. Comment ? Un moteur en feu ? ! Un nouveau monde ? Puis le message en anglais du pilote nous rassure : « L'un des moteurs brûle de l'huile, c'est pourquoi nous allons atterrir à Terre-Neuve. »

R. Gnirck

À Moscou, nous attendons depuis un bon moment de pouvoir embarquer pour Oulan-Oude, en Sibérie. Les conditions météo ne sont pas favorables, à ce qu'il paraît. Puis un bus finit par nous emmener à l'autre bout de l'aéroport international Domodedovo, où est stationné un vieux Tupolev 134. On est encore en train de bricoler dessus. Les hôtesses de

l'air dévalent l'escalier de l'avion pour se ruer vers nous : « Allez-vous-en d'ici ! » et le pilote nous demande sur un ton des plus stressés : « Qui est-ce qui vous a amenés ici ? Il me faut encore au moins deux heures pour serrer six cents boulons. Je suis là depuis cinq heures du matin. »
Nous tentons successivement de nous faire rembourser nos billets, d'exiger un autre appareil, avant de demander à parler à un responsable de la compagnie Enkor. En vain. Deux heures plus tard, on nous remmène à l'avion. Tandis que nous roulons en direction de la piste, le pilote freine d'un seul coup. Il descend en courant, et se dispute avec des employés d'Enkor. Puis il remonte en ruminant : « Mais qu'est-ce qu'ils me racontent ?! Évidemment qu'il marche, cet avion ! Nous partons ! » Et nous sommes partis. Après l'atterrissage en douceur, on nous a distribué des bonbons.

E. Jouravel

Notre avion en provenance de Christchurch, en Nouvelle-Zélande, se dirige vers Brisbane, en Australie. Le commandant nous explique que notre aéroport de destination est saturé et que nous ne pouvons pas encore atterrir. Puis il ajoute : « Mais nous avons de la chance, ils nous envoient tourner au-dessus de la grande barrière de corail. Nous allons vous montrer à quel point notre pays est magnifique. » En contemplant le merveilleux spectacle, nous avons tous regretté que l'aéroport ne soit pas saturé plus longtemps.

C. Willert

Après notre atterrissage à Johannesburg, nous entendons le message suivant : « Merci d'avoir choisi Kulula et bienvenue à Johannesburg. Si votre voiture ne se trouve plus dans le parking souterrain, veuillez vous adresser à notre compagnie et nous vous fournirons une voiture de location à un prix avantageux. »

P. Zangerle

Notre avion australien Qantas s'approche de l'aéroport de Wellington, la capitale néo-zélandaise. Le commandant, qui semble participer à la petite guéguerre entre les Australiens et les Néo-Zélandais, annonce : « Mesdames, messieurs, nous allons atterrir dans quelques instants à Wellington. N'oubliez pas de retarder vos montres de vingt-deux heures. »

M. Wielebinski

Nous avons décollé de Seattle depuis un moment pour rallier San Francisco. En chemin, nous survolons le mont Saint Helens, entré en éruption il y a une trentaine d'années. Le pilote nous annonce : « Nous allons faire un tour au-dessus pour que vous puissiez jeter un coup d'œil à l'intérieur du volcan. » Nous avons une vue plongeante à l'intérieur du cratère, car le pilote vole en virage serré. Et une fois que l'avion a accompli un tour dans le sens des aiguilles d'une montre au-dessus de la montagne, le commandant reprend l'interphone : « Et maintenant, la même chose dans le sens contraire pour que les passagers du côté droit puissent aussi en profiter. » Deux petits tours, et puis s'en vont…

G. Könke

Il y a des années, un de mes amis qui voyageait à travers l'Inde se risque à emprunter un vol national. L'attente dans l'aéroport semble interminable. La troisième heure de retard vient de s'écouler, et rien ne laisse présager un départ imminent. Mon ami se rend alors auprès de l'avion. Des mécaniciens sont affairés à décoincer la porte de l'appareil avec un pied-de-biche. Ils y parviennent finalement, mais les places à proximité de l'ouverture sont condamnées, empêchant une bonne vingtaine de passagers de monter à bord. Pour ne pas qu'elle s'arrache, la porte est attachée de l'intérieur avec des cordes. Pour plus de sécurité, le vol est effectué à basse altitude. Ce qui signifie pour la traversée d'une région montagneuse : des rochers lorsqu'on regarde à droite, et des rochers lorsqu'on regarde à gauche. Et si le coucou remonte parfois brutalement, c'est qu'il y avait une montagne en travers du chemin. À sa descente de l'avion, mon ami, à la manière du pape, s'agenouille pour embrasser le tarmac.

H. Lappat

Alors que je me dirige vers le Boeing de la compagnie China Southern Airlines qui doit nous emmener de Hong-Kong à Pékin, une inquiétude s'empare de moi. L'appareil ne semble pas être dans un état reluisant. J'arrive à mon siège, et là, je me rends compte qu'un morceau de revêtement de la cabine au-dessus du hublot de ma rangée peut être rabattu et qu'il laisse alors entrevoir l'interstice entre la garniture et la carlingue. Mieux encore : le capot du moteur que nous pouvons apercevoir depuis notre hublot est complètement craquelé. Les couches supérieures sont même en partie éclatées. J'appelle le steward chinois qui se révèle être d'une aide considérable. Il fixe le revêtement avec du ruban adhésif avant de m'expliquer dans un anglais vacillant : « N'ayez pas peur ! Cet avion est très fiable. Ça fait vingt ans qu'il vole ! »

M. Wittek

Dans les années 1980, je me rends sur un vol de la compagnie roumaine Tarom de Bucarest à la mer Noire. L'hôtesse constate que des Français se trouvent parmi les passagers. Ravie de pouvoir parler dans la langue de Molière, elle fait alors l'annonce suivante : « Mesdames, messieurs, nous souhaitons vous informer qu'il n'y a pas de gilets de sauvetage à bord de notre avion, car la Tarom est l'une des compagnies les plus sûres au monde. » Il s'agissait d'un ancien avion à hélices russe, qui avait été réformé par l'armée.

V. Conrad

À Francfort, nous venons de monter dans l'avion en partance pour Göteborg, en Suède, lorsque le commandant nous annonce : « Mesdames, messieurs, nous vous souhaitons la bienvenue sur notre vol à destination d'Édimbourg. » Mon voisin et moi nous regardons, perplexes. Nous appelons le steward pour lui faire savoir que nous avons en fait l'intention d'aller à Göteborg. Ce dernier nous répond : « Il n'y a pas de problème. Juste un petit lapsus géographique. Vous savez, le pilote est français. »

K. Brünnemann

Dans notre avion à destination de Moscou, les nombreux passagers russes sont tous de solides gaillards. Le steward annonce dans notre langue : « Mesdames, messieurs, nous allons baisser l'éclairage de la cabine pour le décollage. Si vous avez peur de votre voisin, ce qui serait compréhensible d'ailleurs, vous pouvez allumer les petites veilleuses de lecture situées au-dessus de vous. » L'annonce qui a suivi en anglais était formulée de façon tout à fait neutre.

W. Portner

Notre petit avion à destination de Salto Angel survole le delta de l'Orénoque, au Venezuela. Le pilote britannique annonce : « Mesdames, messieurs, comme vous le voyez, nous aurions grand-peine à trouver un endroit pour nous poser en catastrophe dans l'épaisse jungle en dessous de nous si les choses venaient à se gâter. Mais ça n'a pas vraiment d'importance, parce que de toute façon, en bas, il n'y a presque rien de comestible pour nous. En revanche, il y a un paquet d'animaux qui aimeraient bien nous avoir comme déjeuner. »

F. Bodmann

Notre avion en provenance de Las Vegas vient d'atterrir à San Francisco. L'hôtesse ajoute à la fin de l'annonce d'usage : « Bienvenue à San Francisco et n'oubliez pas : ce qui se passe à Las Vegas ne sort pas de Las Vegas. Bienvenue dans la réalité ! »

M. Grau

Au début des années 1990, je me rends à Almaty, au Kazakhstan, avec une compagnie du pays. Le Tupolev Tu-154 qui se présente sous nos yeux n'inspire pas franchement confiance. Nos cartes d'embarquement sont contrôlées par un mécanicien. À en juger par son air lugubre, on pourrait croire qu'il a vainement tenté de remettre l'avion en état. À des passagers qui lui demandent s'il va faire le voyage avec nous, il répond : « Je ne suis pas autorisé à vous renseigner à ce sujet. »

A. Pertsch

L'avion sans danger ?

Le plus dangereux, c'est le trajet pour se rendre à l'aéroport, se plaisent à dire les professionnels de l'aéronautique. Et les statistiques semblent leur donner raison en général. Les crashs aériens sont rares et ceux sans survivants encore plus. Une enquête de l'Association internationale du transport aérien (IATA) montre que l'avion est un moyen de transport sûr : sur un million de décollages, il y a eu en 2008 moins d'un accident grave avec perte totale de l'appareil. Sur 2,3 milliards de passagers transportés dans le monde, 502 ont été tués selon les chiffres de l'IATA. Cela signifie que seulement un passager sur 4,5 millions a perdu la vie. Au regard de ces données, rien qu'en France, ce sont 4 274 personnes qui sont décédées sur les routes la même année. Il est vrai que cette comparaison est trompeuse, car dans la vie de tous les jours, on prend l'avion nettement moins souvent que la voiture. Même certains instituts de statistiques sont réticents à établir une comparaison directe entre les différents moyens de locomotion – avion, voiture et train –, faute de données suffisantes. On peut néanmoins constater la chose suivante : si on réfère le nombre de tués au nombre de kilomètres parcourus, l'avion devance très largement la voiture /…

et le train en matière de sécurité. En revanche, si on le réfère au nombre de « mouvements », c'est-à-dire au nombre de vols, de parcours en voiture ou en train, l'avion est plus dangereux que les autres moyens de transport.

En plein vol : « Oh mon Dieu, l'aile ! »

Pour que le temps paraisse moins long sur un vol long-courrier, les deux pilotes dans le cockpit jouent au jeu de « Je vois ce que tu ne vois pas ». Mais, les mots « ciel » et « nuages » ayant été devinés en un rien de temps, ils ne savent plus que faire. Quel ennui, ce vol de routine. Pour se divertir un peu, les deux compères commencent à embêter les passagers. Ils allument le micro pour dire des choses comme « Mesdames, messieurs, c'est votre commandant qui vous parle. Il n'y a absolument aucune raison de s'inquiéter » ou « Les ailes brûlent *pas* ».

C'est ainsi que débute un sketch légendaire du Britannique John Cleese, qui deviendra plus tard célèbre avec la troupe Monty Python. Il y joue un pilote qui essaie de rompre la monotonie d'un vol long-courrier avec son acolyte de copilote (Graham Chapman). À coups de consignes absurdes, ils font courir les passagers dans tous les sens dans la cabine, en s'amusant royalement du chaos qui en découle.

« Veuillez retirer vos bagages des compartiments et les placer en face ! », « Ne détachez pas vos ceintures ! », « Asseyez-vous sur votre bagage à main ! »

Cette satire a beau être exagérée, les annonces en vol sont parfois pour le moins déroutantes. Des pilotes demandent à des passagers de balayer ou donnent des consignes sur l'emploi du papier toilette. Ou encore des membres d'équipage avouent que les turbulences les rendent toujours malades. Il y a parfois lieu de se demander si l'on n'est pas en plein tournage de *Caméra cachée*. Jusqu'ici, il ne s'est encore jamais produit le cas où des annonces ont fait paniquer les passagers à tel point qu'ils ont sauté de l'avion. C'est sûrement grâce à la solidité des hublots et des issues de secours.

Dans ce chapitre :

Un commandant poète, une hôtesse de l'air charmeuse, des pilotes fêtards.

Notre avion à destination de Londres est dans les airs depuis tout juste dix minutes. Soudain, une hôtesse qui se trouvait bien en vue dans la cabine se rue vers le hublot en criant : « Oh, mon Dieu, l'aile ! » De nombreux passagers se mettent alors à hurler avant de regarder en direction de la voilure... parfaitement intacte. L'hôtesse prend alors l'interphone : « J'avais toujours eu envie de le faire une fois. Excusez-moi. Nous allons vous servir des rafraîchissements dans quelques instants. » Les boissons alcoolisées ont connu un vif succès sur ce vol...

F. Schulz

Nous avons entamé la phase d'approche sur Paris, lorsque le commandant nous annonce : « Mesdames, messieurs, il ne vous a certainement pas échappé que nous avons le soleil tantôt sur notre droite, tantôt sur notre gauche. En avion, il y a deux façons d'obtenir ce résultat : soit en volant en tonneau, c'est-à-dire en tournant autour de l'axe longitudinal, soit en tournant en boucle. Aujourd'hui, nous avons choisi la seconde solution. »

M. Kallenbach

Le train d'atterrissage vient d'être actionné. Il est sorti, puis rentré aussitôt après. Puis il est ressorti, et rerentré, etc. Cinq, six fois de suite. Puis le pilote prend la parole : « Mesdames, messieurs, comme vous l'avez certainement remarqué, nous avons effectué des manœuvres avec les atterrisseurs. Nous avons trois témoins pour les trains, et l'un d'entre eux restait allumé. Maintenant, il est éteint. » Et après un bref silence, il ajoute : « Ou alors l'ampoule est grillée. »

J. Nemetz

On était en plein mois de janvier. Juste après le décollage, le pilote annonce : « Nous allons avoir un vol très agité. C'est pourquoi la distribution des boissons est supprimée. Ça vous ferait une belle jambe qu'on vous serve un café si c'est pour le renverser sur votre pantalon ! »

A. Brandt

L'avion de Delta Air Lines vole maintenant depuis une bonne heure en direction d'Atlanta, lorsque le steward nous fait savoir sur un ton inquiétant : « Mesdames, messieurs, l'heure est grave. » Les passagers retiennent leur souffle. « Nous allons bientôt être à court de... papier de toilette ! » Ils ont oublié d'en remettre avant notre départ. C'est pourquoi nous sommes priés d'économiser la précieuse matière ou d'utiliser nos propres mouchoirs.

H. Winter

Sur un vol Orlando-Sacramento, l'équipage nous explique ce qu'il adviendrait de nos bagages si on les oubliait : « Si vous laissez quoi que ce soit à bord, vous le retrouverez demain sur eBay ! »

K. Gregersen

Tandis que nous nous dirigeons sur Zurich, le pilote nous fait savoir que la chef de cabine vit seule depuis cinq ans et trouve que tous les hommes sont infidèles. Puis il ajoute : « Étant donné qu'il y a beaucoup d'hommes d'affaires à bord, que celui qui n'est pas de son avis appuie sur le bouton d'appel au-dessus de sa tête. » Ce qu'ont fait bon nombre de passagers. Sous un tonnerre d'applaudissements, l'hôtesse s'est alors rendue à tous les sièges pour éteindre la lumière.

U. Miroslau

Notre petit avion à destination de Pise avec Air Dolomiti n'a que deux hôtesses de l'air à son bord : l'une, gaie et très aimable, et la seconde, renfrognée et d'une humeur chagrine. Il semblait y avoir de l'orage dans l'air. Puis le pilote nous fait cette annonce : « Le commandant et la moitié de l'équipage vous souhaitent un agréable vol ! »

K. Lipinski

Au cours d'un vol en provenance de Budapest avec easyJet, je remarque une hôtesse à l'air très enjoué. En passant dans les rangs pour vendre des friandises, elle se penche particulièrement bas vers les passagers en leur murmurant : « Souhaitez-vous assouvir un quelconque désir, jouir d'une quelconque douceur ? »

I. Koren

Nous sommes le 11 septembre 2001. Juste au moment où se produisent les attentats du World Trade Center, nous nous trouvons dans le bus qui nous emmène à l'avion. Nous ignorons donc tout des événements. Peu avant le décollage, le pilote nous adresse un message qui nous étonne : « Si nous n'avons pas de fous à bord, nous serons à destination dans deux heures. »

M. Berger

Notre avion de la KLM en provenance d'Amsterdam s'apprête à entamer la phase d'approche sur Bagdad. Certains passagers ne parviennent pas à redresser le dossier de leur fauteuil. L'hôtesse de l'air déclare : « Oui, nous sommes au courant. Mais nous n'allons plus y toucher maintenant, parce que cet avion vole aujourd'hui pour la dernière fois. C'est notre dernier DC-8 et il sera réformé demain. »

H. Schweizer

Peu après notre décollage de San Francisco, le commandant prend la parole : une dépression importante se trouve au-dessus des montagnes Rocheuses, et nous ne pouvons malheureusement pas la contourner pour nous rendre à Houston : « Pour cette raison, nous regrettons de devoir vous annoncer que le service à bord est annulé sur ce vol Mais, en y réfléchissant bien, nous avons encore assez de temps pour distribuer un whisky ou une vodka à chaque passager, et croyez-moi, vous allez en avoir besoin ! » Et effectivement, ce vol a été un véritable rodéo.

J. Richter

Peu après notre départ de Londres pour rallier Bangalore, en Inde, le commandant annonce la couleur : « Mesdames, messieurs, nous avons décollé avec une demi-heure de retard. C'est pourquoi nous mettons maintenant les bouchées doubles. Relaxez-vous dans votre fauteuil, car ce n'est pas de sitôt que vous revolerez dans un 747 aussi rapide ! »

J. Hoch

Au lieu de lancer le traditionnel « *Cabin crew, prepare for take-off* » pour demander à l'équipage de se préparer au décollage, le commandant de notre avion de Niki Airline à destination de l'Autriche s'exprime en rimes : « Les filles, il faut que je vous prévienne, nous partons maintenant pour Vienne. »

B. Lanwer

Nous sommes le 31 mars. Notre avion, parti en retard de Moscou, se pose à Hambourg après minuit avec une autorisation spéciale. Juste après notre atterrissage, l'hôtesse prend l'interphone : « Mesdames, messieurs, bienvenue à Hambourg. Avant que notre avion n'arrive au terminal, je vous prie de m'accorder votre attention pendant quelques instants : comme vous l'avez sûrement lu ou vu dans les médias, la Lufthansa propose depuis peu un programme spécial de vols à prix réduit pour l'Europe. Mais pour que cette offre soit possible, notre compagnie a besoin de votre aide. Il faut que chacun y mette du sien. C'est pourquoi nous vous prions de remporter les journaux et les magazines que vous avez lus au cours du vol pour les jeter dans les conteneurs à papier qui se trouvent dans le hall de l'aéroport. De plus, nous vous demandons à tous, avant de sortir, de disposer correctement votre ceinture en croix sur le siège, exactement comme vous l'avez trouvée en arrivant. Quant aux passagers de la dernière rangée, nous les invitons à nettoyer l'avion à l'aide des balais mis à disposition en commençant par l'arrière de l'appareil. Enfin, le passager qui sort en dernier est prié de retirer la clé de contact pour aller la glisser dans la boîte aux lettres prévue à cet effet à l'agence municipale de notre compagnie. Je vous souhaite à tous une bonne nuit et un bon 1er avril ! » La plupart des passagers avaient « gobé » le poisson de notre farceuse, au moins jusqu'au moment des balais.

A. Nendza

Il y a une vingtaine d'années, je me trouve avec un collègue à bord d'un avion à destination de Barcelone. Après le décollage, des bouteilles sont sorties des placards pour être emportées dans la cabine du commandant. Nous sommes assis tout à l'avant, juste derrière la porte du cockpit restée ouverte. Apparemment, le pilote et le copilote ont un événement à fêter. Le steward leur sert à tous les deux un whisky (pur). Les verres se lèvent, s'entrechoquent, on trinque à la santé de l'autre, on boit cul sec, et des rires fusent. C'est une véritable petite fiesta qui se tient à un moment et à un endroit qui ne sont pas forcément prédestinés. Les hôtesses ont ensuite commencé à servir les passagers.

M. Neun

Je suis le seul et unique passager à bord du petit avion à destination de Lille. Au bout d'une demi-heure de vol, le pilote se retourne vers moi pour demander : « Vous descendez à Lille ou à Bruxelles ? »

M. Schlösser

Par un jour tempétueux de décembre, je dois me rendre de Seattle à Portland. J'ai l'estomac qui se noue déjà en voyant notre minuscule avion à hélices. À bord, notre hôtesse, qui est une « virtuose » de la diplomatie, trouve vraiment les mots qui réconfortent : « Mesdames, messieurs, ce vol va être franchement déplaisant. En venant ici, nous avons dû nous y reprendre à trois fois avant de pouvoir enfin atterrir. J'en ai déjà mal au cœur ! » Eh bien, ça promet ! Et conformément à ces prédictions, le vol est très houleux. Et comme si cela ne suffisait pas, notre fin psychologue en remet une couche : elle entre en grande discussion avec un passager à côté de moi sur les atterrissages durs, les catastrophes qui ont été évitées d'un cheveu et le 11 septembre. Inutile de dire que ce voyage n'a pas été une partie de plaisir.

S. Hoffmann

Le jour du 11 septembre 2001, nous sommes dans la salle d'embarquement lorsque nous voyons défiler sur les écrans les images des tours qui s'effondrent. De nombreux passagers avaient déjà renoncé à monter dans l'avion. Tandis que l'appareil roule en direction de la piste, le pilote prend la parole : « C'est votre commandant qui vous parle. Je jure que je vais tout faire pour vous emmener maintenant à destination. »

T. Appel

Alors que nous sommes en route pour Saint-Pétersbourg, notre avion de Pulkovo Airlines est parcouru par une brève secousse. Ce soubresaut retient à peine mon attention. Du moins dans un premier temps, avant que l'hôtesse ne cherche avec insistance à nous rassurer : « Mesdames, messieurs, il n'y a absolument aucune raison d'avoir peur. Nos pilotes sont formés de manière à pouvoir réparer un avion même en vol ! Nous vous souhaitons une agréable fin de voyage. » Par la suite, il ne s'est rien produit de notable et nous avons atterri en douceur à destination. Mais l'hôtesse avait tout de même réussi à semer l'inquiétude dans mon esprit.

A. Köhler

« Mesdames, messieurs, je dois vous avouer que ceci est mon premier vol... » Le pilote de notre avion de la British Airways qui rallie Belfast à Londres vient de prendre la parole. Au bout d'un silence relativement long, il achève sa phrase : « en provenance de Belfast aujourd'hui ». Gros soupirs de soulagement dans la cabine. Puis il ajoute : « Les passagers du côté gauche peuvent apercevoir en bas les lumières d'une grande ville. Nous pensons qu'il pourrait s'agir de Liverpool, mais nous devons regarder sur notre carte. » C'est avec des annonces de cet acabit que notre boute-en-train de commandant nous a déridés tout au long du vol.

C. Nunn

Alors que notre avion a maintenant atteint l'altitude de croisière, le commandant s'adresse à nous : « Mesdames, messieurs, comme vous l'avez constaté par vous-même, notre vol de ce soir n'est pas particulièrement rempli. Vous avez donc le libre choix des places. Cependant, nous vous invitons à opter pour un siège près des hublots pour faire croire à la concurrence que notre avion est plein. »

C. Cappell

Notre avion en provenance de la République dominicaine se dirige vers l'Europe lorsque le commandant prend soudainement la parole : « Mesdames, messieurs, nous allons traverser dans quelques instants le triangle des Bermudes, et cela risque d'être un peu tumultueux. » Il marque une courte pause, puis poursuit : « Nous aimerions d'ores et déjà prendre congé et vous souhaitons une agréable fin de vol ! » Il faisait en fait allusion à la pause de la nuit, mais ces paroles n'ont pas été franchement apaisantes.

I. Koren

Le nouvel Airbus de la compagnie Tunisair à destination de Monastir a décollé depuis quelques minutes. La climatisation tombe d'abord en panne, puis les lumières s'éteignent. L'avion est violemment secoué. Des manœuvres pour le moins inhabituelles s'ensuivent. Soudain, la porte du cockpit s'ouvre d'un grand coup. L'hôtesse sort en courant vers l'arrière de l'appareil en tenant

ostensiblement les pouces tournés vers le bas. Un geste qui ne présage rien de bon. Puis le pilote nous annonce par le haut-parleur dans un français chancelant : « Dames et sieurs, nous avoir p'tits prrobléems techniques et devoir faire demi-tour et atterrir urgence ! » Juste avant que les roues ne touchent le sol, le pilote remet subitement les gaz en déclarant : « Nous avoir résoudre p'tits prrobléems techniques et aller atterrir à Monastir ! »
Aujourd'hui encore, j'ignore ce qui s'est passé. Nous n'avons pas eu d'autres informations.

E. Brunsch

Nous avions décollé de Charm el-Cheikh tout juste quelques instants auparavant lorsqu'une voix dans le haut-parleur demande s'il se trouve un médecin à bord. Plus de la moitié des passagers lèvent la main : c'étaient tous des docteurs revenant d'un congrès qui s'était tenu en Égypte. Grâce à cette (sur-) abondance de soins, la patiente s'est sentie tout de suite mieux.

U. Hofmann

Notre avion charter vient de quitter Vienne pour rallier l'Alaska. Peu après le décollage, nous remarquons qu'il n'y a pas de lumière dans les toilettes. J'en informe l'hôtesse. Quelques instants plus tard, un homme se met à l'ouvrage pour résoudre le problème. Ensuite, c'est de l'eau qui se met à couler du plafond à certains endroits de la cabine. Le technicien est de nouveau à pied d'œuvre, cette fois avec une échelle. C'est juste la climatisation, pas de souci ! Puis, dans tout le couloir central, l'éclairage et les écrans s'éteignent. Il n'y a plus de courant. Nous commençons sérieusement à nous alarmer et le faisons savoir à l'hôtesse. Sa réponse : « Mais pourquoi êtes-vous inquiets ? Les moteurs tournent toujours ! »

P. Auer

Les urgences médicales à bord d'un avion

Selon une étude, les pertes de conscience représentent de loin les incidents médicaux les plus fréquemment rencontrés à bord d'un avion. On doit cependant préciser que pour cette enquête, deux compagnies européennes seulement ont accepté de répondre aux chercheurs. Ces derniers ont dépouillé plus de 10 000 cas médicaux pour la période de 2002 à 2007 : 53 % d'entre eux étaient des pertes de conscience, suivies par des troubles digestifs (9 %) et des malaises cardiaques (5 %). Quant aux thromboses, elles sont étonnamment rares : moins de 0,5 % selon la même étude.

En 2008, pour 74 millions de passagers embarqués, la compagnie Air France a enregistré plus de 8 100 incidents médicaux en vol dont 10 décès et 31 déroutements pour raison médicale (pas toujours justifiés *a posteriori*). Les compagnies françaises imposent au personnel navigant une formation médicale (niveau certificat de secourisme professionnel) très sérieuse et régulièrement mise à niveau. Dernièrement, les connaissances d'une hôtesse témoignant un réel professionnalisme ont été déterminantes pour le fonctionnement d'un défibrillateur dont le médecin /...

passager (pourtant cardiologue) ne connaissait pas le maniement[1]./...

Le personnel dispose de deux trousses de médicaments : la « trousse de premier secours », qui peut être ouverte sur la seule initiative du personnel de cabine, et la « trousse médicale d'urgence », qui ne peut être ouverte qu'après accord du commandant de bord en présence d'un médecin ou à la suite d'un avis médical extérieur pris par contact radio. En effet, il est possible de faire appel de quelque point du globe au médecin régulateur médical (SAMU de Paris). La décision d'un déroutement est prise par le commandant de bord. De fait, moins de 10 % des appels au SAMU 75 conduisent à un déroutement.

1. Informations recueillies sur le site de l'Académie de médecine. Rapport en date du 8 juillet 2010.

Les intempéries : « Nous venons d'amerrir à Beauvais »

« Vous venez de loin ? » demande le garçon à la jeune femme qui vient d'atterrir dans un champ, près de Londonderry, dans le nord de l'Irlande, en mai 1932. « D'Amérique », répond l'aviatrice. Amelia Earhart était ainsi devenue la première pilote à traverser l'Atlantique en solitaire. Elle avait décollé de Terre-Neuve à bord d'un Lockheed Vega la veille et avait dû essuyer une terrible tempête au cours de la nuit. Puis le gel avait commencé à alourdir son appareil, si bien qu'elle dut descendre à des altitudes moins élevées. À l'aube, elle affronta une nouvelle tempête. À court de carburant, elle ne put poursuivre son vol jusqu'à Paris, la destination qu'elle avait initialement prévue.

En 1930, une autre pionnière s'était souvent trouvée aux prises avec les caprices de la météo : Amy Johnson, la première aviatrice à réaliser l'exploit de rallier l'Angleterre à l'Australie en solitaire. Ce voyage effectué à cockpit ouvert fut une aventure périlleuse pour la Britannique surnommée la « secrétaire volante ». À travers un épais brouillard, elle dut chercher son chemin en évitant les sommets du Taurus. Son appareil, un monomoteur Gypsy Moth de Havilland, était trop chargé pour pouvoir voler au-dessus du massif turc qui s'élève à près de 4000 mètres. Le lendemain, une tempête de sable la contraint à atterrir dans le désert aux portes de Bagdad. En Asie du Sud-Est, son appareil fait « la chandelle » en se posant sur une piste mouillée. Et après un atterrissage d'urgence sur Java, l'aviatrice dut consolider le tissu des ailes endommagées par une tempête à l'aide de ruban adhésif.

C'est grâce à leur esprit d'aventure, leur intrépidité et leur sens de l'improvisation que ces deux femmes ont réussi à mener à bien leur projet. Des qualités qui sont rarement indispensables aujourd'hui dans l'aéronautique, près de quatre-vingts ans après ces exploits. Grâce au pilote automatique, au radar météo et à l'aide des stations au sol, les pilotes ne voguent plus au gré du vent comme Earhart. Ils trouvent leur chemin au moyen du système de navigation, sans avoir à recourir à des cartes de fortune à l'instar d'Amy Johnson. « J'ai dû prendre ce que je trouvais. Certaines cartes étaient bonnes, d'autres mauvaises », écrit-elle après son vol record. Le papier a été découpé en bandes qui ont été ensuite enroulées, « de manière à pouvoir les dérouler une par une ».

Il n'empêche : malgré tous les moyens techniques à disposition, les caprices de la météo parviennent encore aujourd'hui à semer la pagaille dans les plannings de vol. Tandis que le tonnerre et les éclairs provoquent des retards principalement en plein été, la neige et la glace paralysent parfois les aéroports en hiver, et ce même dans les pays habitués au froid.

Dans ce chapitre :

Des atterrissages mémorables, des réservoirs de carburant à sec, des brouillards persistants.

À Berlin, notre vol à destination de Munich a pris un retard considérable en raison de chutes de neige extrêmement abondantes. Lorsque nous avons enfin embarqué, notre avion a dû d'abord se diriger vers l'aire de dégivrage. Nouvelle attente. L'équipage nous informe que les agents du déneigement ne savent plus où donner de la tête. Apparemment, la situation se présente encore plus mal en Bavière. Il va falloir prendre son mal en patience, jusqu'à ce qu'une fenêtre météo plus favorable permette de s'envoler. Et ce n'est pas pour tout de suite. Après le dégivrage, le pilote se manifeste : il est vrai qu'il n'a pas encore reçu de feu vert pour décoller, mais pas d'interdiction formelle non plus. Puis il propose sans détour : « Nous partons d'ici en nous faufilant, et une fois que nous serons à Munich, ils seront bien obligés de nous laisser descendre. » Aussitôt dit, aussitôt fait ! Et arrivés à destination, nous avons atterri sans difficulté sur l'aéroport enneigé.

S. Heiland

Tandis qu'une tempête fait rage, notre avion s'apprête à entamer la phase d'approche, lorsque le pilote nous annonce : « Nous allons devoir tourner en boucle, on nous signale de violentes rafales de vent, l'aéroport est fermé pour le moment. Nous avons du carburant pour quinze minutes. » À partir de cet instant, tous les passagers regardent leur montre à l'unisson. Juste avant que le quart d'heure ne soit écoulé, le pilote entreprend une manœuvre périlleuse mais habile pour atterrir. Pour ses talents de pilote, je tire mon chapeau, mais pour ce qui est de la maîtrise de la psychologie, il y a encore des progrès à faire...

G. Steinrücke

Par une nuit noire et un épais brouillard, notre avion a entamé sa descente sur l'île de Majorque. Quelques instants plus tard, nous ressentons une brève secousse. Immédiatement après, des passagers se mettent à taper dans les mains, pensant que nous venions de nous poser. Mais le commandant se manifeste alors : « Merci beaucoup pour vos applaudissements, mais il est relativement normal de sortir le train avant d'atterrir. »

D. Jung

Le jour de Noël, je souhaite me rendre avec Air Canada de Boston à Halifax. Tous les vols à destination de la capitale de la Nouvelle-Écosse ont été annulés. Tous, sauf le mien. Au début, je me dis que ce doit être la providence. Mais ensuite, j'apprends que notre courageux pilote voulait en fait à tout prix être chez lui pour les fêtes de Noël. Juste après le décollage, il prend l'interphone : Halifax est enveloppé en ce moment dans un épais brouillard, mais il est confiant. D'ici notre arrivée, la purée de pois aura sans doute disparu. Deux heures plus tard, le haut-parleur grésille de nouveau : « Nous sommes maintenant à hauteur de Halifax, et j'ai une bonne et une mauvaise nouvelle. La mauvaise, c'est que le brouillard ne s'est pas encore dissipé, et la bonne, c'est que nous avons encore pas mal de carburant pour tourner en boucle. » Au bout d'une heure, il reprend l'interphone : « Cette fois-ci, j'ai deux mauvaises nouvelles. *Primo*, le brouillard est toujours là. *Secondo*, nous sommes pratiquement à sec, et nous devons nous débrouiller pour nous poser. » Fort heureusement, tout s'est bien terminé.

H. Bauer

Notre avion, qui est en train de contourner un orage, est sérieusement ballotté par de fortes turbulences. Au bout d'un moment, le pilote s'adresse à nous : « C'est votre commandant qui vous parle. On vient de me demander quel était le débattement des ailes. En ce moment, il est de 2,50 mètres. À partir de 2,70 mètres, le premier rivet saute. Nous avons dix mille rivets à bord. »

V. Rapp

À l'aéroport mexicain de Cancún, nous attendons de pouvoir embarquer à bord de notre avion à destination de la Suisse. Mais un violent orage nous en empêche. Les passagers d'autres vols sont également retenus dans les salles d'attente voisines. Au bout d'un moment, les équipages annoncent les uns après les autres que les décollages sont retardés pour une période indéterminée en raison des intempéries. Cinq minutes plus tard, notre pilote prend la parole à son tour: « Mesdames, messieurs, vous avez entendu les annonces de mes collègues. Après mûre réflexion, nous avons pris notre décision: nous allons tenter le coup. Le ciel ne va tout de même pas nous tomber sur la tête. » Et il a eu raison. Le vol n'a pas été si terrible.

R. Egeter

L'orage est si violent que nous ne pouvons atterrir. Nous devons tourner en boucle au-dessus de la ville pendant près d'une heure. Les fortes rafales de vent nous donnent l'impression d'être dans les montagnes russes. Lorsqu'il est enfin possible, l'atterrissage ne s'effectue pas vraiment en douceur. L'hôtesse s'adresse à nous sur un air enjoué: « J'ai une bonne nouvelle pour tous ceux d'entre vous qui aiment faire des bonnes affaires: aujourd'hui, pour le prix d'un aller simple, vous avez parcouru l'aller-retour! »

D. Thiesmann

Partis d'Antalya, dans le sud de la Turquie, nous nous apprêtons à regagner Innsbruck, en Autriche. Peu avant d'arriver à destination, un orage éclate. Il fait déjà nuit noire.

Dehors, mis à part les éclairs qui sillonnent le ciel, on n'y voit goutte. Notre avion est en train de virer pour se préparer à atterrir, le train est sorti. Puis le pilote nous avertit : en raison des intempéries, l'atterrissage risque d'être dur et il s'en excuse à l'avance.
Quelques secondes plus tard, nous entendons à nouveau subitement sa voix : « Meer..., mais qu'est-ce qu'elle fout sur la piste, cette montagne ? » L'appareil vire brutalement à droite. Des passagers se mettent à crier, divers objets volent dans la cabine. Lors de la seconde tentative, l'avion, qui se présente en biais sur la piste, est une nouvelle fois violemment secoué en se posant. Le pilote s'est ensuite excusé et a expliqué cet épisode par un problème technique l'ayant obligé à atterrir à vue. À vue ? Mais quelle vue ?

A. Mantel

Notre avion s'apprête à atterrir dans un épais brouillard. Une véritable purée de pois. Soudain, les moteurs se mettent à hurler, l'appareil se cabre et reprend très vite de l'altitude. Puis une voix venue du cockpit nous explique : « Mesdames, messieurs, vous avez vu ce que j'ai vu : rien. C'est pour cette raison que j'ai remis les gaz. Merci. »

L. Beukert

Nous nous approchons de Cork, dans le sud de l'Irlande, par un jour d'hiver. Comme d'habitude, un épais brouillard recouvre l'agglomération. Le pilote annonce : « Eh bien, mesdames, messieurs, vous connaissez la procédure ! Je vais faire de mon mieux pour trouver l'aéroport. » Il n'y a pratiquement que des Irlandais à bord. La compagnie nationale qui a affrété l'avion ne connaît pas encore à cette époque de problèmes financiers. De nombreuses petites bouteilles d'eau-de-vie sont distribuées durant le vol, si bien qu'un calme relativement stoïque règne dans la cabine. Le pilote a réussi à trouver l'aéroport.

M. Hassler

Notre avion vient à peine de poser les roues sur la piste que le pilote remet brutalement les gaz. L'appareil remonte comme un éclair. Un silence de plomb règne dans la cabine. Au bout d'un long moment, un membre de l'équipage nous explique : « L'aiguilleur du ciel et le commandant de bord n'étaient pas d'accord sur le fait que la piste soit ou non assez longue pour atterrir. Le commandant a décidé de ne pas faire le test. »

C. Sue

Madère, par un vent tempétueux. Notre avion de la compagnie portugaise TAP entame son approche sur l'un des aéroports les plus dangereux d'Europe, en raison du relief montagneux entourant la piste. Le pilote est obligé de réaliser une manœuvre acrobatique en faisant piquer l'avion. Le steward, qui s'était assis à côté de moi, se met à réciter un Ave Maria.

E. Börgens

Nous sommes au cœur de l'hiver, avec son lot de neige et de verglas. Après avoir atterri, nous devons attendre une première fois, moteurs tournant, que se libère une porte de débarquement. Puis, nous nous approchons des parkings avant de devoir patienter une seconde fois. Mieux encore, nous devons retourner à notre première position pour faire de la place à un autre avion. Le pilote prend la parole : « Mesdames, messieurs, vous vous demandez sans doute ce que nous sommes en train de faire ici. Si ça peut vous rassurer, nous nous posons exactement la même question dans le cockpit ! »

D. Beerbohm

Par un temps froid et neigeux, nous embarquons dans un appareil tout beau, tout neuf. Avant le décollage, le pilote se manifeste : « Mesdames, messieurs, comme vous l'avez certainement remarqué, vous vous trouvez à bord d'un avion flambant neuf, ça va être son baptême de l'air aujourd'hui. Enfin non, pas tout à fait, puisqu'il a déjà volé de Roissy à Orly. Donc ne vous inquiétez pas, il a déjà au moins pris une fois l'air. »
La pluie verglaçante retarde le départ. Nous devons attendre que l'appareil soit dégivré. Au

bout de deux bonnes heures, les moteurs se mettent enfin à vrombir. Au même moment, une fumée puante envahit en un clin d'œil la cabine par les fentes d'aération. Nous sommes dans le brouillard. Un steward affolé se rue vers le cockpit. Quelques instants plus tard, le pilote reprend la parole : « Mesdames, messieurs, ce que vous voyez et sentez, c'est le liquide de dégivrage. Le fait qu'il ne sente pas la rose, c'est normal. En revanche, le fait qu'il parvienne à l'intérieur de l'appareil, ça l'est beaucoup moins. Ah ! aucune importance, nous décollons, et puis c'est tout. » En fait de baptême de l'air, il s'agissait peut-être d'un baptême du feu.

S. Diekmann

Il fait nuit, il pleut et il y a un épais brouillard. Notre avion à l'approche de Bilbao enchaîne les descentes brutales en traversant les trous d'air. Mais soudain, le pilote remet les gaz en virant sur la gauche. Les deux hôtesses, livides, en face de moi sont visiblement choquées par cette manœuvre. Notre appareil est dérouté sur San Sebastián. Nous finissons par apprendre ce qui s'est passé : le pilote a d'abord raté la piste, puis il a dû remonter dare-dare à cause d'une chaîne de montagnes toute proche. L'une des hôtesses, toujours aussi pâle, m'assure qu'elle va chercher un emploi dans une autre compagnie, car ce n'est pas la première fois que ce genre d'incident se produit. Au cours des deux années suivantes, j'ai été prise de crises d'angoisse en avion.

M. Thiemann

Après notre atterrissage sous une pluie battante sur l'aéroport Tillé, le pilote traduit : « Mesdames, messieurs, nous venons d'amerrir à Beauvais. »

F. Weisel

Notre petit avion bimoteur en provenance de Vancouver est en route pour Terrace, situé à environ 600 kilomètres au nord. Peu avant d'atterrir, le pilote se manifeste : le mauvais temps l'empêche de repérer l'aérodrome. Puis il ajoute : « Mais je vais essayer ! » Nous descendons alors pour plonger dans le brouillard. Tout à coup, des arbres surgissent tout près de nous. Le pilote fait remonter l'appareil en vitesse. Au bout de trois autres essais, il déclare : « Désolé, je n'arrive pas à trouver la piste ! » Nous sommes alors déroutés sur l'aéroport voisin de Prince-Rupert.
Alors que ma mère, qui a peur en avion, était terrorisée pendant les tentatives d'atterrissage, les autres passagers sont tous restés très calmes. Apparemment, ils devaient être habitués à ce genre de péripétie.

B. Müller

Un épais brouillard enveloppe Londres. Notre avion de la British Airways en provenance de Manchester s'approche de la capitale. Le pilote nous rassure de cette façon : « On n'y voit pas à plus de 110 mètres. Mais ne vous inquiétez pas, cet appareil est capable d'atterrir avec une visibilité de 90 mètres. Ce qui nous laisse donc encore 20 mètres de rab ! »

A. Vonach

À l'aéroport Sheremetyevo de Moscou, notre avion est en train de rouler en direction de la piste pour prendre son envol. Mais soudain, il s'arrête. Les moteurs sont coupés. L'hôtesse nous explique : l'aéroport vient d'être fermé pour cause d'orage. Nous devons donc attendre une météo plus clémente. Mais alors que le ciel s'est éclairci, rien ne se passe. Jusqu'à ce que le commandant se manifeste : « Comme vous l'avez remarqué, le soleil est revenu, et nous pourrions maintenant décoller, mais en ce moment, on ne parle que le russe à la tour de contrôle. Quelque temps plus tard, le haut-parleur crépite une seconde fois : « J'ai une bonne et une mauvaise nouvelle. La bonne, c'est que les contrôleurs sont redevenus anglophones. La mauvaise, c'est qu'ils viennent de nous informer que l'orage est de retour et que l'aéroport est de nouveau fermé. »

M. Heilmann

Notre avion d'une compagnie américaine est sur le point de se poser sur le sol européen dans un brouillard à couper au couteau. Soudain, le pilote fait hurler les moteurs en remettant les gaz. L'appareil remonte comme une flèche. Le pilote nous explique en anglais, sur un ton parfaitement serein : « Désolé, nous avons raté la piste. » Ce que l'hôtesse traduit plus prudemment en ces termes : « Nous n'avons pas eu l'autorisation d'atterrir. »

S. Hildebrandt

Notre Boeing 737 est en approche finale sur l'aéroport de Liverpool. Un orage accompagné de terribles rafales de vent tous azimuts contraint le pilote à effectuer des manœuvres acrobatiques. Depuis les hublots, on aperçoit la piste tantôt à droite, tantôt à gauche de nous. L'avion est chahuté dans tous les sens. Il se présente de travers sur la piste, de sorte que le train droit vient taper le sol en premier avant que celui de gauche, après un énorme bond, n'entre à son tour en contact. L'atterrissage est extrêmement dur. Comme si l'appareil était tombé de tout son poids d'une hauteur de 20 mètres.

Les passagers, moi y compris, encore verts de peur, poussent un profond soupir de soulagement en regagnant la terre ferme. Tout content de son exploit, le commandant nous dit au revoir avec ces mots percutants : « Tout le monde sait faire par beau temps ! » L'aéroport a ensuite été provisoirement fermé. Les autres avions ont été déroutés.

L. Mayer

Par un temps pluvieux et venteux, notre avion turbopropulseur se prépare à atterrir. Au moment où les roues vont toucher le sol, une rafale de vent extrêmement puissante s'empare de l'appareil et le fait pivoter sur lui-même en poussant violemment la queue sur le côté. Les passagers se mettent à crier. Une voix venant du cockpit se manifeste : « Mesdames, messieurs, nous espérons que ceux qui sont à l'arrière ont trouvé l'atterrissage tout aussi palpitant et distrayant que nous ici à l'avant. »

C. Deussen

Notre petit avion à hélices, bringuebalé dans tous les sens, est aux prises avec une terrible tempête. La passagère d'un certain âge qui se trouve juste devant moi ne semble nullement affectée, ni par le temps de chien, ni par les ballottements. Il pleut à seaux, et un vent fort nous fait avancer plus en crabe qu'en ligne droite. Malgré tout, le pilote réussit à nous poser, même si l'atterrissage ne s'est pas fait en douceur, loin de là. Lorsque nous sortons de l'appareil, le commandant, qui est un peu pâle, se tient près de la porte pour saluer les passagers. La vieille dame lui donne une tape sur l'épaule en disant : « Jeune homme, est-ce qu'on atterrit toujours comme ça aujourd'hui ou est-ce que notre avion s'est fait descendre ? » Puis elle éclate de rire, avant de complimenter le pilote stupéfait : « Vous vous êtes bien débrouillé ! »

I. Horn

Au moment de décoller de Miami pour rallier San José au Costa Rica, le pilote annonce : « En raison du mauvais temps qui sévit au-dessus de la mer des Antilles, le vol risque d'être un peu tumultueux. Ma femme m'avait dit ce matin de ne pas partir ! » Heureusement, son épouse s'est inquiétée pour rien. Nous sommes arrivés à bon port.

J. Planitzer

À l'aéroport de Roissy, c'est l'embouteillage sur la piste : devant nous, trois autres appareils sont prêts à décoller. Nous devons tous attendre que l'orage s'éloigne. Au bout d'une demi-heure, le ciel s'étant éclairci, l'avion d'Alitalia décolle en premier. Quelques instants plus tard, notre pilote se manifeste : « Normalement, c'est mon collègue d'Air France, dans l'avion en tête de la file, qui aurait dû partir, mais nous avons laissé passer les Italiens pour voir s'ils allaient y arriver et si l'orage était vraiment parti. Mais ça a l'air d'être bon, ça fait déjà dix minutes qu'ils sont dans les airs. »

G. Alter

Dehors, la tempête souffle. Notre avion qui roule et qui tangue s'approche en gémissant de notre destination. Les pilotes ont fort à faire. Il règne un silence pesant dans la cabine. Puis, enfin, le bruit libérateur des roues en contact avec le sol. Comme c'est l'usage dans les vols charters, les passagers applaudissent, cette fois plus longtemps que d'habitude. Le haut-parleur crépite : « Merci beaucoup, vos applaudissements pour l'atterrissage nous ont fait très plaisir. Nous espérons que vous comprendrez que nous ne vous en referons pas un autre vu les conditions météo actuelles. »

P. Drabert

Lors de l'approche finale sur l'aéroport Logan de Boston, au cœur d'une tempête, notre avion semble être piloté manuellement. Le commandant augmente la poussée à plusieurs reprises. L'appareil est bringuebalé dans tous les sens : de gauche à droite, d'avant en arrière, de haut en bas. Nous sommes une dizaine de mètres au-dessus de la piste, lorsque le vent nous plaque d'un seul coup vers le bas. Les roues tapent violemment sur le sol. On a l'impression que le train va traverser le plancher de la cabine.

Tandis que nous roulons vers la porte de débarquement, le commandant prend la parole : « Mesdames, messieurs, nous vous prions de bien vouloir nous excuser pour cet atterrissage assez dur. Je jurerais qu'ils ont rehaussé la piste d'une dizaine de mètres depuis que je me suis posé ici la dernière fois. »

L. Reichelt

Nous approchons de l'aéroport O'Hare de Chicago. La météo est mauvaise, un orage menace sur la ville. Juste avant que l'avion n'entre dans les nuages, une voix provenant du cockpit annonce : « Équipage, quinze secondes avant l'impact ! »

H. Fabry

Le pilote essaie pour la seconde fois d'atterrir par un temps de gel et un brouillard à couper au couteau. Il déclare : « En rentrant chez vous, surtout rappelez-vous à quel point il est dangereux de voyager en voiture, en bus et en train. »

E. Dollhofer

La place la plus sûre dans un avion

Contrairement à ce que l'on croit en général, la probabilité de survivre à un accident grave d'avion est élevée : près de 70 %. En revanche, le fait que l'on soit assis à l'avant ou l'arrière de l'appareil n'a statistiquement aucune importance. Le facteur déterminant est la nature du crash. Tous les spécialistes sont unanimes : il n'existe pas de place privilégiée en matière de sécurité. Mais une étude des accidents mortels réalisée par des chercheurs de l'université de Londres a révélé que les passagers se trouvant à moins de cinq rangées d'une issue de secours avaient une chance accrue de s'en sortir. De même, le voyageur qui est assis côté couloir a plus de chance de survivre que celui placé côté fenêtre : pour la simple raison qu'il peut se rendre plus rapidement à la sortie de l'appareil lorsque chaque seconde compte, notamment dans le cas d'un incendie à bord.

La tête dans les nuages : « Tinky Winky et Laa-Laa, au cockpit, s'il vous plaît »

Dans la plupart des compagnies aériennes se pratique une tradition peu connue des passagers : le bizutage des nouveaux membres du personnel navigant.

Un classique : le bizut, obsédé par la volonté de ne faire aucune erreur, se voit tendre un gilet de sauvetage et un extincteur. Puis le chef de cabine lui donne l'ordre de surveiller le remplissage des réservoirs de l'avion.

Autre exemple : on annonce au malheureux qu'il n'y a plus assez de gobelets en plastique et qu'il faut donc en laver. On attend que la victime ait quasiment terminé cette tâche ingrate, et on ouvre un tiroir en s'exclamant : « Oh mince, ils sont là ! » Un autre travail d'inutilité collective consiste à demander de vérifier si les couverts se trouvent sur tous les plateaux. Une tâche fort coûteuse en temps sur un Boeing 747 complet.

Sur le forum Internet www.airlinecrew.net, des membres d'équipage racontent d'autres variantes de ce baptême du feu. En voici un aperçu :

Un pilote emplit un sachet de soupe chaude aux légumes. Il appelle ensuite la nouvelle hôtesse pour lui demander de jeter son vomi. Tandis qu'elle se hâte en direction de la poubelle, un collègue l'attrape au passage pour lui prendre le sachet. Puis il commence à en absorber le contenu en expliquant : « Ça ne se fait pas de jeter un repas ! » La débutante a alors eu elle-même besoin d'un sachet.

Les choses avaient l'air de mieux se présenter pour cette hôtesse d'une compagnie américaine : avant de décoller de New York pour rallier San Francisco, son supérieur l'informe qu'il y a un changement dans le planning de service. L'équipage doit ensuite poursuivre le vol à Hawaii, où ils devront séjourner trois jours. On leur a ensuite assigné un vol vers la splendide île japonaise d'Okinawa, où ils disposeront de cinq jours minimum avant de reprendre le travail. Comblée, la débutante sautille de joie dans l'avion en racontant à toutes ses collègues l'heureuse nouvelle. Grande est alors sa déception lorsqu'elle apprend qu'il ne s'agissait que d'une plaisanterie.

Le premier jour de travail pour une autre hôtesse fut pour le moins rafraîchissant : l'air grave, le pilote lui demande d'aller chercher quelques bouteilles d'eau pour refroidir le nez de l'avion qui a fortement chauffé « en rentrant dans l'atmosphère ». La consciencieuse novice obéit, s'aspergeant au passage en accomplissant son devoir.

Dernier exemple : une néophyte n'en croit pas ses oreilles lorsqu'on lui demande de sauter dans le couloir lors de la sortie du train d'atterrissage. Le mécanisme bloque un peu, c'est pourquoi il faut aider à le faire descendre, lui explique-t-on. À la plus grande joie des passagers qui avaient été mis au parfum, la pauvre hôtesse s'exécute.

Mais il n'y a pas que l'esprit des nouveaux stewards et hôtesses qui développe une tendance à ne pas voler haut sous l'effet du stress. Parfois, l'altitude semble aussi monter à la tête des pilotes et des passagers à un tel point qu'on doit se demander s'ils sont en pleine possession de leurs facultés mentales. Comme le montrent les récits suivants, la frontière entre la blague et le délire est ténue.

Dans ce chapitre :

Des lapsus révélateurs, des pilotes égarés, un passager blagueur.

Au cours d'un vol à destination de Mombasa, notre avion est subitement parcouru par une puissante secousse. Une voix venue du cockpit nous explique : « Mesdames, messieurs, comme vous l'avez constaté, nous venons de survoler l'Équateur. » Une passagère qui revenait des toilettes après s'être violemment cognée demande alors : « C'est toujours comme ça ? »

H. Mai

Nous sommes en plein décollage, et j'ai la très nette impression que les roues en dessous de moi sont en train de brûler. Je le crie à plusieurs reprises dans la cabine. Lorsque l'hôtesse arrive enfin, elle me dit calmement : « Il doit y avoir autre chose qui brûle en dessous de vous. Les roues sont plus à l'arrière. »

L. Wild

Sur un vol *low cost*, alors que nous avons entamé l'approche finale, nous entendons l'annonce suivante : « Mesdames, messieurs, nous avons atteint notre altitude de croisière de 9000 mètres. Vous pouvez maintenant détacher vos ceintures. Nous vous souhaitons un agréable vol ! » Ma confiance dans l'équipage s'en est trouvée sérieusement ébranlée.

S. Möhler

Tandis que nous approchons de notre destination, une jeune hôtesse fait l'annonce suivante: « Mesdames, messieurs, nous allons atterrir à Beauvais dans quelques instants. Veuillez redresser votre siège, relever votre tablette et bouclez-la. » En entendant tous les passagers éclater de rire, elle ne tarde pas à se reprendre: « … euh, et veuillez boucler votre ceinture. »

E. Stewich

Mon collègue et moi venons de prendre place dans l'avion d'Édimbourg à destination de Londres. Au bout d'un moment, je m'étonne auprès de mon voisin: « C'est bizarre, il n'y a que des stewards à bord, il n'y pas d'hôtesses. » Peu après, une voix venue du cockpit grésille dans le haut-parleur: « Mesdames, messieurs, c'est votre pilote qui vous parle, George Michael ! »

J. Hide

Vers la fin de notre vol, le commandant de bord prend la parole: « Mesdames, messieurs, en raison de fortes intempéries sur Amsterdam, nous allons devoir nous abattre sur l'aéroport de Rotterdam. » Après avoir entendu les cris poussés par certains passagers, il rectifie sur-le-champ, d'un ton amusé: « Excusez-moi, je voulais dire "rabattre", bien sûr. »

K. Schuchard

Au cours d'un vol à destination de l'île grecque de Kos, le pilote prononce un message: « Tinky Winky et Laa-Laa, au cockpit, s'il vous plaît ! » Après l'atterrissage, il déclare par haut-parleur: « Le capitaine Flam et son équipe vous souhaitent d'agréables vacances ! »

F. Stein

À chaque fois qu'il prend l'avion, l'un de mes collègues se permet la plaisanterie suivante: avant le décollage, lorsque le pilote se présente *via* le haut-parleur, il s'exclame systématiquement sur un ton empli de désarroi : « Oh non, pitié, c'est pas vrai, pas encore lui ! » Ce qui ne manque pas de provoquer une certaine nervosité chez bon nombre de passagers.

S. Krings

En cours de vol, le passager assis derrière moi se plaint à l'hôtesse que sa tablette ne se rabat pas. Elle lui répond : « Nous vous prions de nous excuser pour la gêne occasionnée, je vais tout de suite le noter pour l'équipe de maintenance. Ce sera réparé à notre arrivée. » Nous avons un atterrissage très dur, les roues cognent violemment sur la piste. En sortant de l'avion, le même passager rectifie auprès de l'hôtesse : « Laissez tomber la tablette ! Inscrivez plutôt sur votre liste "train d'atterrissage" ! »

T. Culmann

Après un atterrissage particulièrement dur, le commandant commente : « Nous avons tapé en plein dans le mille. » Sur ce, un passager assis derrière moi s'étonne sur un ton pince-sans-rire : « Ah bon, c'était un atterrissage, ça ? Moi, je croyais que notre avion s'était fait descendre. »

M. Thomaschek

Après un vol de nuit depuis New York à destination de Paris, le pilote nous salue au petit matin d'un joyeux « Bienvenue à Londres ! » Ces quelques mots déclenchent immédiatement des murmures interrogateurs et des regards incrédules dans la cabine. Puis des éclats de rire retentissent du cockpit : « Mais non, je plaisante, je suis juste dans une phase un peu gugusse. »

A. Ulonska

Le bus est parti emmener les premiers passagers à l'avion. Mais quelque temps plus tard, le voilà qui revient avec tous les voyageurs à son bord. Peu après, nous entendons l'annonce suivante : « Le pilote s'est blessé à la tête en montant dans l'appareil. Il a dû être transporté à l'infirmerie. Nous allons devoir trouver un autre pilote, et cela risque de prendre un moment. » Or, par un incroyable hasard, il se trouve parmi les passagers un pilote de la même compagnie. Il a revêtu son uniforme, et nous avons embarqué aussitôt après.

E. Richter

Notre avion est en approche finale, face à la piste. Bang! Le pilote vient de laisser tomber l'appareil comme une pierre. Les roues heurtent violemment le sol. Des compartiments à bagages s'ouvrent, des manteaux tombent, plusieurs masques à oxygène jaunes dégringolent du plafond (eh oui, ces trucs des démonstrations de sécurité existent vraiment!). Puis l'hôtesse récite le laïus habituel: « Bienvenue à Copenhague » – d'un air parfaitement calme, comme si de rien n'était, sans prononcer le moindre mot de regret. Un passager lance alors tout haut: « Si elle ne s'excuse pas, c'est que le pilote doit toujours atterrir comme ça. » Pour une fois, c'est un voyageur qui a déclenché l'hilarité générale dans la cabine.

W. Werner

Peu après notre atterrissage, nous entendons l'annonce suivante: « Bienvenue à Los Angeles. Nous souhaitons un heureux anniversaire à une personne à bord qui fête aujourd'hui ses quatre-vingt-dix printemps. Mesdames, messieurs, je vous demande d'applaudir… » Après une brève pause, la voix ajoute: « En sortant de l'avion, n'oubliez pas de souhaiter son anniversaire au commandant ! »

P. Stracke

À Lisbonne, tous les passagers ont embarqué à bord de l'avion de Toulouse. Puis le commandant se manifeste : « Mesdames, messieurs, nous vous souhaitons la bienvenue sur notre vol à destination de Marseille » Quelques secondes plus tard, l'hôtesse se précipite vers le cockpit. Puis, nouveau message : « Mesdames, messieurs, bienvenue sur notre vol à destination de Toulouse. Veuillez excuser la confusion. En fait, vous n'êtes pas dans le bon avion, mais restez donc assis. Nous allons transférer vos bagages. Ensuite, je prendrai quelques raccourcis, et nous arriverons à l'heure à Toulouse. »
Le temps de vol a été effectivement plus court que d'habitude. Il n'y a que mes bagages que je n'ai pas pu retrouver à l'arrivée. Mais au moins, nous étions dans la bonne ville.

C. Bergmann

Notre avion, qui est en principe sur le point de décoller de Genève, roule depuis un bon moment, faisant des allées et venues, des demi-tours. Nous entendons le haut-parleur crépiter brièvement et seuls des ricanements sont perceptibles. Quelques instants plus tard, le commandant prend la parole, en ayant grand-peine à réprimer ses rires :

« Mesdames, messieurs, nous nous sommes p-e-r-d-u-s. » Il ajoute alors que cet exploit est particulièrement difficile à réussir, car il n'y a qu'une seule piste sur cet aéroport. Une fois l'entrée trouvée, le vol s'est passé sans encombre.

J. Münstermann

New Delhi, fin décembre 1999. Notre vol à destination d'Udaipur a été considérablement retardé en raison d'un mélange ténébreux de brouillard et de smog. Après avoir embarqué, nous restons cloués au sol avec quelque quatre-vingts autres passagers. Notre attente est entrecoupée de boutades lancées par le commandant. Au bout de quatre longues heures, nous recevons la dernière mise à jour du cockpit : « Mesdames, messieurs, c'est encore votre commandant qui vous parle. Si vous voulez bien vous donner la peine de regarder par le hublot sur votre droite : pouvez-vous apercevoir l'avion qui se trouve légèrement décalé devant nous ? Non ? Bon, alors, quand vous pourrez le voir, ça voudra dire que la visibilité est assez bonne pour pouvoir décoller. D'ici là, la tour de contrôle et moi-même vous prions de continuer à patienter. »

S. Leopold

Notre avion a atteint son altitude de croisière, lorsque le commandant se manifeste. Après avoir donné les informations d'usage, il ajoute : « Aujourd'hui, c'est la copilote madame Moulin (nom changé) qui va nous emmener à destination. » C'est alors qu'un steward assis non loin de nous prononce d'une voix très distincte ces mots : « Oui, ou du moins elle va essayer ! »

R. Wolff

Roissy-Charles-de-Gaulle. Rempli d'hommes d'affaires fatigués et silencieux, notre avion roule dans le dédale des voies de circulation depuis un bon moment en direction de sa position de décollage. C'est alors qu'un steward fait l'annonce suivante : « Prochain arrêt, parc des Expositions, station RER. »

J. Colberg

À Miami, avant le décollage de notre avion à destination de Birmingham, en Alabama, le pilote prend la parole : « Mesdames, messieurs, mon nom est Batman, et à côté de moi se trouve le copilote Robin. Nous vous souhaitons la bienvenue sur notre vol à destination de Gotham City. » Puis nous entendons derrière lui le copilote fredonner le générique de *L'Agence tous risques*. Pendant un instant, j'ai hésité à descendre.

D. Michalczyk

Dans un avion empli exclusivement d'hommes d'affaires et de voyageurs réguliers, le pilote s'adresse à nous en ces termes : « Mesdames, messieurs, chers enfants. » Des éclats de rire fusent dans la cabine. Il a alors poursuivi son annonce comme si elle était destinée à des bambins et à des vacanciers.

M. Sander

Au cours de notre vol en provenance de Budapest et à destination de Rotterdam, le pilote nous indique : « Mesdames, messieurs, nous nous trouvons en ce moment en Autriche ; à droite en dessous de nous, vous pouvez apercevoir Vienne. » Quelque temps plus tard suit une rectification : « Mesdames, messieurs, je dois me corriger, la ville en dessous de nous est Bratislava. » Même si les deux agglomérations ne sont à qu'à une soixantaine de kilomètres l'une de l'autre, il n'a pas été rassurant de constater que le commandant ne connaissait pas la position exacte de son appareil.

M. Wallenfang

Avant le décollage, notre pilote prend la parole : « Mesdames, messieurs, détendez-vous, vous êtes en sécurité. Mon nom est Largent, et comme vous le savez sûrement, l'argent ne tombe jamais du ciel. »

R. Glaser

Notre avion s'approche de notre destination, lorsque nous entendons dans le haut-parleur une voix ressemblant étrangement à celle d'un homme politique disparu : « Chers passagers et sageuses, les uns et les autres qui est ici. J'm'excuse, faut qu' j'vous donne quelle est l'heure et la température extérieure. » Cela fait, la voix poursuit : « C'était p'têt pas vot'question, mais c'est ma réponse. »

A. Müller

Notre avion est en approche finale sur Greenville, en Caroline du Sud. Alors que l'appareil est à quelques mètres au-dessus du sol, le pilote remet les gaz. Son commentaire : « Hop là, j'allais un peu trop vite pour atterrir. »

S. Papsdorf

Nous venons d'atterrir à Nice. Un des membres de notre équipage, qui a déjà effectué quatre vols depuis le début de la matinée, prend l'interphone : « Mesdames, messieurs, bienvenue à Nice, euh… ou à Barcelone ? Ah, et puis vous devez bien savoir quelle est votre destination ! »

C. Cappell

Tandis que notre avion roule en direction de la porte de débarquement, l'hôtesse souhaite remercier les passagers au nom du commandant et de l'équipage. Mais elle a de toute évidence un trou de mémoire concernant le patronyme de son patron. Elle hésite un instant avant de se lancer : « … Le commandant Cousteau et son équipage vous remercient d'avoir voyagé avec British Airways. » L'honneur est sauf, les passagers se sont mis à rire. Nous n'avons pas su si le pilote avait trouvé son pseudonyme aussi drôle.

M. Rieksmeier

Un dimanche de Pâques, je prends l'avion pour me rendre de Toulouse à Paris. Contrairement à la plupart de ses collègues qui ont une voix sonore, notre commandant parle à la façon de Mickey. Dans le registre des aigus, il nous salue ainsi : « Bienvenue… euh… mesdames et… euh… messieurs sur notre vol de… euh… Bordeaux à… euh… Paris… euh… de Paris à Bordeaux… euh… je veux dire de Paris à Toulouse euh… l'inverse ! » Tandis que nous sommes tous en train de rire, le pilote poursuit : « Je vous souhaite un agréable vol et… euh … de joyeuses fêtes de Noël… euh… de Pâques. Là-dessus, mon voisin de s'exclamer : « Il ne manque plus qu'il dise "santé" ! »

N. Lill

Nous venons d'embarquer. Le pilote de la compagnie American Airlines nous souhaite la bienvenue à bord et nous annonce que nous allons bientôt nous diriger vers la piste de décollage. Puis il poursuit en ces termes : « *I need you to turn off your Blackberrys, strawberrys and blueberrys.* » (« Je vous prie d'éteindre vos Blackberrys – mûres –, vos fraises et vos myrtilles. »)

J. Wekenborg

Voilà une demi-heure que nous attendons dans l'avion de pouvoir quitter le parking pour gagner la piste de décollage. Le commandant fait alors une annonce : « Thomas, apporte-nous la clé de contact, il faut qu'on y aille ! »

P. Weissferdt

Peu avant le décollage, la pilote s'adresse à nous : « Mesdames, messieurs, je vous souhaite la bienvenue à bord. Je dois préciser que je suis blonde et que j'ai du mal à faire un créneau en voiture. Mais l'avion est plus facile à manier, et nous trouverons bien un moyen d'arriver à destination. » Ces paroles sont loin d'avoir eu un effet tranquillisant chez les passagers.

G. Heinze

À l'aéroport de Washington D.C., notre Boeing 747 d'Air France est paré pour le décollage. Puis le haut-parleur se met à crépiter. Le commandant français nous annonce dans un anglais vacillant : « *We apologize for the delay, but we have just soaked up a plane.* »(« Veuillez nous excuser pour le retard, mais nous venons d'aspirer un avion. ») Il s'agissait en fait d'un plan tombé dans le réacteur. La plupart des passagers américains ont craint le pire.

S. Baier

Après un atterrissage extrêmement dur, nous entendons le commentaire suivant du cockpit : « N'oubliez pas : si à l'atterrissage ça a tapé, c'est le copilote qui a frappé ! Sur ce, nous vous remercions d'avoir voyagé avec notre compagnie et vous souhaitons un agréable séjour. »

M. Wiede

Pourquoi doit-on éteindre les portables ?

Quiconque refuse d'éteindre son téléphone portable en avion doit s'attendre à de lourdes amendes sur certaines compagnies aériennes. En février 2009, son obstination a coûté 1 500 euros à un passager français. Malgré un avertissement réitéré, il avait continué de parler au téléphone et en était même venu aux mains avec l'équipage.

Mais pourquoi l'utilisation du portable est-elle interdite dans la plupart des avions ? Pour établir et garder le contact, un mobile à bord communique périodiquement avec une base du réseau téléphonique. La puissance d'émission du portable augmente à mesure que l'avion s'éloigne. Premier risque : cette puissance, quand elle est maximale, pourrait générer des interférences radios avec les instruments de bord. Autre risque : le mobile pourrait entrer en contact simultanément avec plusieurs bases téléphoniques au sol et dérégler le système de téléphonie mobile terrestre. Un avion régional a dû atterrir en urgence après que la sonnerie d'un portable qui a retenti dans un bagage a déclenché une alarme d'incendie.

En 2008, la Commission européenne a formulé une recommandation relative à « l'autorisation des services mobiles à /...

bord d'aéronefs». En substance, les communications restent interdites à moins de 3000 mètres d'altitude. Au-delà, les compagnies peuvent proposer un service de téléphonie à bord. Le principe: l'avion est équipé d'une pico-cellule munie d'une antenne servant de relais avec les téléphones des passagers, de sorte que la puissance d'émission des téléphones reste très faible et n'interagisse pas avec le cockpit. Ce réseau embarqué à bord est en communication avec la terre *via* un satellite.

Le fait que les lecteurs MP3 et les ordinateurs portables ne soient pas autorisés au décollage et à l'atterrissage n'a rien à voir avec un risque d'interférences. Les ordinateurs, qui sont volumineux, risqueraient de voler dans la cabine en cas d'atterrissage tumultueux. Quant aux lecteurs MP3, celui qui écoute de la musique avec un casque sur la tête risquerait de ne pas entendre une consigne de sécurité importante.

À l'atterrissage : « Deux pour le prix d'un ! »

Hambourg, mars 2008, par un jour de violente tempête. L'Airbus A320 qui tangue et qui roule avec cent trente et un passagers à son bord approche le nez en biais la piste 23. C'est alors qu'une rafale de vent soufflant à plus de 100 kilomètres à l'heure s'empare de l'appareil. L'aile droite est soulevée vers le haut, tandis que la gauche touche le sol. Juste avant que l'Airbus n'échappe définitivement à son contrôle, le pilote remet les gaz. La vidéo de cet incident vue un million de fois sur Internet déclenche une discussion parmi les véritables et les soi-disant experts du monde entier. Les médias saluent d'abord l'exploit du pilote. Mais ensuite, des collègues lui reprochent de ne pas avoir décidé plus tôt d'interrompre la procédure d'atterrissage. Il s'avère en outre que c'est la jeune copilote de vingt-quatre ans qui a entamé la manœuvre, et non le commandant de bord beaucoup plus expérimenté. Celui-ci n'est intervenu qu'au moment où la remise des gaz était inévitable. Il réussit à poser en toute sécurité l'appareil quelque quinze minutes plus tard sur une autre piste de l'aéroport.

Sans l'attention prêtée à la vidéo sur la toile, cette péripétie aurait sans doute été oubliée le surlendemain. Nombre de passagers ne s'étaient même pas aperçus qu'une aile avait frotté sur le sol. Il n'y a pas eu de panique à bord, simplement un silence tendu dans la cabine.

Cet épisode est resté sans conséquence pour les pilotes. Une défaillance de leur part n'a pas pu être établie. Un an plus tard, on a soupçonné le système de commande automatique d'avoir contribué au critique de la situation.

Lors d'une interview, le pilote a déclaré qu'il s'agissait d'une « approche tout à fait normale, jusqu'à l'atterrissage ». Il ne s'est pas posé la question de savoir ce qu'il se serait passé s'il avait réagi une seconde plus tard. « Quand vous êtes sur l'autoroute, vous ne vous dites pas non plus toutes les deux minutes : si j'avais freiné une seconde plus tard, j'aurais embouti la voiture de devant. »

Dans ce chapitre :
Un aviateur fantôme, des débuts prometteurs.

Notre avion à hélices se dirige sur l'aéroport colombien de Medellín, particulièrement difficile à aborder. Au moment de l'approche finale, le pilote nous conseille : « Et maintenant priez, priez, priez ! »

E. Wedemeyer

Alors que nous sommes en approche finale sur l'aéroport de Londres-Heathrow, notre pilote de la British Airways exécute dans les airs un freinage d'urgence en sortant les volets, les becs et le train d'atterrissage. Les passagers plongent la tête en avant vers les fauteuils devant eux. Puis le commandant augmente aussitôt après la poussée au maximum. Et nous voilà plaqués *illico* dans nos sièges. Lorsque nous avons atteint une altitude plus élevée, le pilote se manifeste : « Mesdames, messieurs, en regardant par les hublots, vous pouvez constater que nous n'avons pas encore atterri. C'est dû au fait qu'un autre avion arrivait droit sur nous pendant notre approche. J'ai donc préféré interrompre la manœuvre. »

H. Fabry

Il y a un certain nombre d'années, après que nous avons pris place à bord de l'avion, on nous présente par haut-parleur l'une des premières pilotes femmes d'Air France. Après un vol sans encombre, nous commençons l'approche finale. Vrouf ! Les roues tapent violemment sur le sol. Quelques secondes plus tard, la pilote prend la parole : « Mesdames, messieurs, je puis vous assurer que ça n'a pas été mon atterrissage le plus dur, loin de là ! »

M. Gschneidinger

Il pleut des cordes sur Paris. Notre avion est en approche finale. Au moment de l'atterrissage, les roues cognent très fortement sur la piste. Des bagages dégringolent des compartiments. Le steward commente en ces termes : « Mesdames, messieurs, nous venons de toucher-couler Paris ! »

T. Kirschner

Nous sommes à mi-parcours de notre vol à destination de Londres. Soudain, toutes les lumières à bord s'éteignent, sauf celles au sol indiquant le chemin vers les issues de secours. Le pilote nous explique que cela est dû à des problèmes techniques et hydrauliques. Nous tournons d'abord en boucle au-dessus de la capitale britannique pendant deux heures et demie, puis notre atterrissage s'effectue de façon très tumultueuse. Au bout de la piste se tiennent des camions de pompiers, des ambulances et des voitures de la police, prêts à intervenir. Notre commandant nous fournit alors l'explication suivante : « C'est le comité d'accueil de Londres, venu rien que pour vous ! »

S. Flachner

Tandis que notre appareil est en approche finale sur Boston, l'équipage est encore affairé à ranger et à remettre de l'ordre dans la cabine. Soudain, un trou d'air fait subitement taper les roues sur la piste. Nous venons de nous poser sans autre forme de procès. C'est seulement à ce moment que le pilote demande à l'équipage de se préparer pour l'atterrissage : « *Crew, please prepare for landing.* » Une hôtesse lance alors tout haut en direction du cockpit : « Mais freeeinnne ! »

D. Luxen

Notre avion en provenance de Milan s'apprête à se poser sur Francfort lorsque le pilote remet subitement les gaz en faisant remonter l'avion en pente maximale. Le commandant nous explique : « Désolé, la piste était encore occupée par un vieux Tupolev. » Avant d'ajouter : « Mais ne vous inquiétez pas, on arrive toujours à se poser, d'une manière ou d'une autre. »

M. Bäckmann

Nous sommes presque arrivés. Sans donner d'explication, le pilote effectue deux tours au-dessus de l'aéroport de Bâle-Mulhouse, puis entame la manœuvre pour poser l'appareil, mais au final, il se contente de survoler la piste à une hauteur de 400 mètres environ et passe son chemin. Quelques instants plus tard, il prend la parole : « Mesdames, messieurs, comme vous l'avez sûrement constaté, nous sommes passés en rase-mottes au-dessus de la piste. La tour nous a informés qu'un petit avion de tourisme s'était égaré dans la zone de l'aéroport. Ils essaient en ce moment d'attraper le pilote. Dès que notre aviateur fantôme aura fini de hanter les lieux, nous pourrons atterrir. »

T. Grosse

Après un atterrissage assez dur, le copilote nous déclare : « J'espère que notre percussion vous a plu ! »

J. Meyer

Après un vol sans encombre, notre avion s'apprête à atterrir à Roissy. Les roues sont sur le point de toucher le sol lorsque le pilote remet subitement les gaz. Il commente ainsi : « Malheureusement, le pilote de l'avion devant nous sur la piste n'est pas parvenu à transformer en un temps convenable le feu vert donné par la tour de contrôle en un décollage concret. C'est pourquoi nous avons dû remettre les gaz. Profitez de la vue sur Paris, nous allons réessayer. »

H. Hering

Nous venons de « frapper » terre à Memphis. Notre atterrissage nous a donné l'impression d'être en manœuvre sur un porte-avions. Le commandant déclare : « Je tiens à vous présenter les excuses du capitaine pour cet atterrissage. Je ne peux malheureusement pas vous répéter mot pour mot ce qu'il a dit, mais je peux vous assurer qu'il est vraiment navré. »

S. Papsdorf

Notre avion a entamé sa descente vers l'aéroport d'Amsterdam dans un mouvement de Yo-Yo. À cinq, six mètres au-dessus de la piste, l'appareil tombe littéralement sur le sol. Vrouf ! L'hôtesse prend alors la parole : « Mesdames, messieurs, comme vous l'avez peut-être remarqué, nous venons de buter sur Amsterdam. Nous vous remercions d'avoir voyagé avec Star Alliance et vous souhaitons bonne continuation ainsi qu'une belle et longue vie ! »

T. Nehring

En atterrissant sur l'aéroport de l'île de Fuerteventura, l'avion a cogné tellement fort sur la piste que de nombreux passagers se sont plaints de douleurs dans le dos. Nous nous attendons à une prise de position du pilote ou de l'hôtesse. En vain. Le haut-parleur reste muet. Du moins dans un premier temps. L'équipage sait sans doute qu'une annonce standard ne suffira pas à rendre compte de la situation. Un peu plus tard, le haut-parleur se met à crépiter : « C'est votre pilote qui vous parle. Veuillez nous excuser pour la dureté de l'atterrissage, mais… (il marque une courte pause) il arrive même à un cordon-bleu de laisser échapper la cuillère dans la soupe ! » C'est avec le dos endolori, mais aussi un sourire aux lèvres que j'ai quitté l'avion.

B. Wolff

Après l'atterrissage, un des membres du personnel navigant commente : « Mesdames, messieurs, nous venons de percuter Nantes. » Sur ce, le pilote prend la parole : « Oh, ça n'a pas été violent à ce point-là. »

F. Weisel

Notre avion vient de regagner très durement la terre ferme de Rome. C'est alors qu'une voix enjouée venant du cockpit nous annonce : « Mesdames, messieurs, c'était pas moi, c'était le commandant. »

C. Zimmermann

Sur un vol à destination de Zurich, le pilote nous informe que notre atterrissage va être retardé : l'aéroport a été fermé. Il suppose que la raison en est le brouillard, fréquent sur l'agglomération suisse. Quelques minutes plus tard, il connaît désormais la cause exacte : un avion a disparu. On ne sait pas encore combien de temps les pistes resteront interdites d'accès. Jusqu'à ce que le haut-parleur crépite de nouveau: il est hélas désormais établi que l'appareil en question s'est écrasé. Mais le point positif dans tout cela, c'est que l'aéroport a été rouvert. Tandis que bon nombre de passagers craignent déjà de devoir atterrir à côté de débris en feu, l'équipage se manifeste une nouvelle fois: personne n'a à se faire de souci pour des proches ou des amis, il ne s'agit que d'un petit avion privé. Un silence de plomb règne dans la cabine depuis un moment déjà. Tandis que nous avons entamé la phase d'approche, nous apprenons la fin de l'histoire: l'avion prétendument disparu est arrivé à bon port à Zurich. Nous allons pouvoir nous poser dans quelques minutes. La cabine entière pousse un immense soupir de soulagement.

T. Hennig

Notre avion s'apprête à atterrir. Les roues cognent violemment le sol, l'appareil semble rebondir en se soulevant avant de heurter une nouvelle fois la piste. L'hôtesse prend alors la parole: « Pouuh, dur, dur! Très dure fut la chute. La piste est dure, nous aussi. Bienvenue à Nice-Côte d'Azur. »

A. Ott

Après un atterrissage dur, nous nous entendons dire: « Nous sommes désolés, ce n'était pas la faute du commandant, ce n'était pas notre faute à nous, c'est la faute au bitume ! »

M. Eckart

Nous sommes lundi. Peu avant l'approche finale, notre pilote prend la parole : « Chez nous, les atterrissages en douceur ne se font que le mardi, le jeudi et le week-end. » Les passagers attendent alors avec appréhension la fin du vol. Finalement, l'appareil se pose comme dans du beurre. Le commandant ajoute alors : « ... et depuis peu également le lundi ! »

M. Zimmermann

Notre avion vient d'entrer durement en contact avec le plancher des vaches. Le commentaire du pilote : « Je n'ai rien pu faire, la piste nous a sauté dessus ! »

D. Hüttemann

Dehors, il pleut à verse, le vent est tempétueux. Tandis que nous sommes en approche sur Paris, notre avion se fait sérieusement ballotter. À plusieurs reprises, l'appareil se met en biais, avançant en crabe. Finalement, le pilote décide d'accélérer la procédure et pose intentionnellement l'avion sans délicatesse afin de regagner au plus vite la terre ferme. Mais une rafale fait brutalement décoller l'appareil de quelques mètres avant de le laisser retomber lourdement sur la piste. Le commandant prend alors l'interphone : « Mesdames, messieurs, nous venons d'atterrir deux fois à Orly. »

R. Schlage

Juste au moment de se poser, notre avion tombe comme une pierre sur la piste de Boston depuis une hauteur de dix mètres environ. Un pneu du train principal éclate, l'appareil fait une embardée sur la gauche avant de repartir immédiatement sur la droite. Tandis que nous roulons clopin-clopant, en zigzag, vers la porte de débarquement, je lance un « Super comme atterrissage » à l'hôtesse qui se trouve près de moi. Celle-ci me répond d'un ton extrêmement serein et posé : « Ma foi, il faut bien que tout le monde débute un jour. » Et effectivement, il s'avère que le copilote venait d'effectuer son premier atterrissage en situation réelle, sous la surveillance du commandant qui s'assurait que l'appareil ne tombait pas dans les eaux du port de Boston.

I. Albrecht

Notre avion est en approche finale sur Düsseldorf, qui se situe à environ 40 kilomètres de Cologne. La rivalité entre les deux villes rhénanes voisines est légendaire. Notre steward, qui de toute évidence a déjà choisi son camp, fait une annonce teintée d'un patriotisme extrêmement local : « Les passagers du côté gauche peuvent apercevoir en dessous de nous le plus bel édifice de Düsseldorf : l'autoroute de Cologne ! »

M. Fischer

Notre avion de la British Airways en provenance de Los Angeles s'apprête à se poser sur l'aéroport de Londres-Heathrow en affrontant de violents coups de vent latéral. Juste avant l'atterrissage, le roulis du Boeing 747 est à un tel point que nous sommes tous fortement ballottés de gauche à droite dans nos sièges. Je suis assis près d'une issue de secours, face à une jeune hôtesse. Alors que les secousses se sont enfin calmées et que l'avion roule normalement sur la piste, elle déclare : « Eh bien, c'est ce qui met un peu de piment dans ma vie ! »

T. Soddemann

Nous sommes à bord d'un avion de la British Airways qui assure la liaison Glasgow-Manchester. Juste avant l'atterrissage, les moteurs se mettent à hurler, l'appareil reprend de l'altitude. Le commandant nous explique : « Nous avons dû malheureusement remettre les gaz car, en bas, j'ai vu un collègue qui était encore en train de rouler sur la piste. Et comme je préfère me retrouver nez à nez avec lui dans un pub plutôt qu'en avion, nous allons patienter encore un petit peu. »

S. Ohnemüller

Vlan ! Les roues de notre avion viennent de heurter rudement le sol. Le commandant annonce l'air grave : « Mesdames, messieurs, bienvenue à Lyon. Veuillez excuser l'arrivée qui a légèrement manqué de douceur. Les trains d'atterrissage viennent de passer leur test annuel de résistance… Avec succès, cette fois encore. »

A. Ebner

Notre ATR 72 en provenance de Londres approche de Dublin. Les intempéries rendent très tumultueux l'atterrissage, qui prend plutôt la forme d'une chute contrôlée. Apparemment, le commandant est du même avis puisqu'il commente notre arrivée en ces termes : « Veuillez excuser la dureté de l'atterrissage. J'ai eu l'impression d'être ramené au temps où j'étais dans la marine. C'est seulement en voyant les bâtiments de l'aéroport que j'ai été convaincu que nous n'avions pas atterri sur le *HMS Illustrious* [porte-avions britannique]. »

S. Vahlbruch

Nous sommes en approche finale. La visibilité est très réduite. L'avion se pose très lourdement sur la piste. Puis l'hôtesse prend la parole pour désigner le coupable : « Le Boeing a atterri tout seul. Les deux pilotes se seraient mieux débrouillés. »

F. Warnken

Notre Boeing 747 cogne fortement le sol en se posant à Los Angeles. La quasi-totalité des compartiments à bagages s'ouvre. Quelques instants plus tard, le pilote se manifeste: « Mesdames, messieurs, veuillez excuser la prise de contact un peu dure avec le sol. Maintenant que nous sommes redescendus, je peux vous l'avouer: c'était mon premier atterrissage. »

B. Vinson

Notre vol s'effectue dans la plus grande douceur. Comme dans du coton. Même pendant l'approche finale, il n'y a pas la moindre secousse, pas le moindre à-coup. Jusqu'à ce que, à quelques mètres seulement au-dessus de la piste, l'avion tombe brutalement et violemment. Le pilote n'a pas encore fini de freiner qu'il prend la parole: « Mesdames, messieurs, désolés pour cette arrivée un peu rude. Ce n'était pas prévu comme ça, mais nous venons de tester le système automatique d'atterrissage. »

W. Kessler

De fortes rafales de vent malmènent notre avion au moment de l'approche. Parvenu à une hauteur de 30 mètres environ au-dessus de la piste, l'appareil reprend soudainement de la vitesse et de l'altitude. Nous attendons une explication. En vain. Après une boucle effectuée au-dessus de l'aéroport, le pilote entame une seconde approche. Et enfin, il se manifeste : « Mesdames, messieurs, bienvenue à la *happy hour* de la Lufthansa. Pour un atterrissage acheté, nous vous en offrons un second. »

C. Sommer

Tandis que nous nous approchons de l'île grecque de Samos, le commandant nous déclare : « Je vais maintenant essayer d'atterrir. » Des rires fusent dans la cabine. Mais peu avant de se poser, il doit remettre les gaz. Après avoir effectué un grand virage, il reprend la parole : « Je vais réessayer. » Cette fois, plus personne n'a envie de rire. L'atterrissage est de nouveau interrompu et nous poursuivons notre vol vers Kos. Une fois que nous y sommes, le commandant nous annonce : « Nous allons maintenant retourner directement à Francfort, on a besoin de l'avion là-bas. De toute façon, il n'y a pas d'hôtel libre à Kos. » Tollé général dans la cabine. Finalement, nous restons sur place et nous parvenons à trouver des chambres. Le lendemain matin, nous prenons le bateau pour Samos.

D. Roloff

Clap, clap, clap ! De nombreux passagers applaudissent après que l'avion a posé ses roues au sol. Le commandant se manifeste aussitôt : « Mesdames, messieurs, merci beaucoup pour vos acclamations, mais permettez-moi de vous dire que nous avons déjà réussi à atterrir ici à Toulouse il y a quelques jours. »

F. Rinke

Tandis que nous approchons de notre destination, le pilote prend la parole : « Mesdames, messieurs, comme vous l'avez constaté vous-mêmes, nous avons pu accélérer pendant le vol et rattraper notre retard. Si vos proches ou vos amis qui viennent vous chercher ce soir à l'aéroport vous racontent qu'ils ont vu une espèce de comète dans le ciel : eh bien, dites-leur que c'était nous au moment de rentrer dans l'atmosphère terrestre ! »

C. Schmalz

Après un atterrissage sans encombre, nous entendons une voix venue du cockpit s'exclamer : « Aaah, ben voilà ! Tu vois bien quand tu veux ! »

C. Schüpp

Au moment de l'approche sur l'aéroport de Corfou, le commandant nous avertit : « Mesdames, messieurs, ne soyez pas surpris si de l'eau se met à couler sous vos pieds dans quelques instants. La piste d'atterrissage n'est pas particulièrement longue, et elle débouche directement sur la mer. » Après un bref silence, il ajoute : « Pas de panique, ça va bien se passer ! »

T. Schlautmann

Après un atterrissage très dur à Oslo, le pilote commente en ces termes : « Ventrebleu, wouhou ! »

D. Michalczyk

Que se passe-t-il en cas d'amerrissage ?

Les amerrissages forcés sont extrêmement rares : seulement six cas en tout et pour tout sont connus dans toute l'histoire des avions de ligne.

En janvier 2009, l'amerrissage réussi d'un Airbus A320 sur le fleuve Hudson à New York a eu un grand retentissement dans les médias. L'ensemble des cent cinquante passagers et les cinq membres d'équipage ont été sauvés. Le pilote est salué comme un héros. À la suite d'une collision avec des oiseaux qui a entraîné la perte des deux réacteurs, et alors que l'avion n'est que depuis trois minutes dans les airs, il réussit à poser l'appareil sans trop de dommages sur la rivière. L'Airbus flotte, le pire est évité.

En revanche, lorsque les amerrissages d'urgence se produisent en mer, on déplore souvent des victimes. Le pilote doit essayer de se poser parallèlement à la crête des vagues, ralentir la vitesse au minimum et toucher l'eau en premier avec la queue. Si une aile ou le réacteur entre d'abord en contact à plus de 200 kilomètres à l'heure, l'avion fera un tonneau et se disloquera du fait des immenses forces s'exerçant sur le fuselage. /...

De plus, il n'est pas possible de reproduire de façon réaliste un tel cas dans un simulateur, ce qui empêche les pilotes de pouvoir réellement s'y entraîner.

À la porte de débarquement : « Le commandant, le copilote et le pilote automatique vous saluent »

« Veuillez envoyer l'une de mes valises à New York, la deuxième à Los Angeles et la dernière à Miami ! – Mais monsieur, ce n'est pas possible ! » répond l'hôtesse au guichet. Ce à quoi je rétorque : « Ah bon, pourtant, c'est ce qui s'est passé la semaine dernière ! » Cette blague résume le drame redouté par tant de passagers : la perte des bagages. Après avoir surmonté leur peur en avion, dominé l'appréhension de l'atterrissage, franchi le contrôle des passeports, les voyageurs se hâtent en direction du tapis de réception qu'ils fixent du regard en se demandant anxieusement : arrivera, arrivera pas ?

Dans la plupart des cas, le bagage tant attendu finit par rejoindre son propriétaire. Mais que se passe-t-il dans le cas contraire ? Il arrive parfois que des valises parviennent à destination avec un avion de retard, qu'ils soient envoyés à un autre aéroport ou qu'ils soient tout simplement égarés. En 2008, ce sont près de 32,8 millions de bagages qui se sont perdus temporairement dans le monde, selon une étude de la Commission européenne. Un passager sur 3000 dut faire le deuil d'un bagage disparu à jamais dans le triangle des Bermudes de la logistique.

La palme du plus grand nombre de valises perdues en le moins de temps possible revient à la compagnie British Airways sur son aéroport de prédilection : Londres-Heathrow, réputé depuis longtemps pour être le plus chaotique d'Europe. À la fin de mars 2008, l'ouverture au public du nouveau terminal 5, qui a coûté plus de cinq milliards et demi d'euros, a tourné au fiasco. À la suite de diverses pannes, des centaines de vols sont annulées, des enregistrements de bagages suspendus, des milliers de passagers bloqués. Les files d'attente sont interminables. Des problèmes d'organisation ont même engendré des querelles virulentes entre employés, avant qu'une panne d'ordinateur ne mette tout le monde d'accord. Des erreurs informatiques ont paralysé le système de tri des bagages. Résultat : une montagne de 28000 valises et sacs restés en souffrance encombre le cœur du terminal.

Les réactions à ce désastre oscillent entre la colère et l'humour. Les hommes politiques ont qualifié ces événements de « honte nationale ». Les assurances refusent d'assurer les bagages qui transitent par le terminal 5. Le magistral raté a également été source d'inspiration dans le monde de la Toile. *Terminal 5 Song* du groupe Roguetune a été postée sur YouTube : « Vous avez perdu ma valise, vous avez perdu ma femme. » Dans le jeu Terminal Panic, le directeur général de British Airways, Willie Walsh, alias Wee Willie, a été condamné jusqu'à la fin des temps à passer les bagages au scanner avant de les rapporter sur le tapis de réception. La solution apportée à cette catastrophe a été pour le moins insolite. Une grande partie des valises délaissées ont été acheminées par camion jusqu'à Milan, où elles ont été triées et ensuite renvoyées à leurs propriétaires.

Le désastre a donné une idée originale à une artiste londonienne, Luna Laboo : acheter aux enchères les valises qui ont été égarées à l'aéroport de Londres-Heathrow. Aujourd'hui encore, elle fait l'acquisition de ces objets en perdition. Puis elle en photographie le contenu, chaussette après chaussette, culotte après culotte, et publie les photos sur le web. « Ce bagage est-il le vôtre ? » demande-t-elle sur son site www.isthisyourluggage.com – en attendant que les propriétaires la contactent.

Les derniers chiffres sont plutôt rassurants pour tous les angoissés de la valise disparue.

Le nombre de bagages égarés a sensiblement diminué par rapport à l'année précédente : plus de 20 % à l'échelle mondiale. Mais, pour être simple, l'explication n'en est pas moins d'ordre pécuniaire : les compagnies aériennes recourent de plus en plus à l'introduction d'une taxe pour les bagages de soute. Résultat : au lieu de faire enregistrer leurs valises pour les confier aux incertitudes du circuit des transferts, les passagers, par souci d'économie, préfèrent désormais les emporter à bord.

Dans ce chapitre :

Des commandants sarcastiques, des passagers déroutés, un pilote passionné.

Notre avion en provenance de San Francisco atterrit à Philadelphie avec une demi-heure d'avance. Ce qui fait dire au pilote : « Au nom de l'United Airlines, je souhaite m'excuser pour notre arrivée précoce. De quoi allez-vous vous plaindre ce soir si nous ne sommes même pas en retard ? Mais peut-être bien que nous avons perdu vos bagages ? Tout espoir n'est donc pas perdu pour vous d'avoir un sujet de conversation au dîner. »

C. Wolf

Après notre atterrissage à Paris, le pilote nous déclare : « Mesdames, messieurs, là-bas à droite, vous voyez l'avion russe qui me fascinait quand j'étais petit. C'est lui qui m'a donné envie de devenir pilote. Nous allons nous approcher pour que vous le voyiez mieux. » Là-dessus, il fait faire demi-tour à notre Airbus, remonte la moitié du tarmac, et bloque au passage la circulation sur les pistes de décollage et d'atterrissage. Notre appareil tourne deux fois autour de l'avion à doubles hélices. Le pilote de ce dernier observe la scène avec stupéfaction, tandis que notre commandant débordant d'enthousiasme nous débite les données techniques. En bruit d'arrière-fond, nous entendons les contrôleurs pousser des jurons.

B. Königsmann

Après un vol très calme et un atterrissage en douceur à Kampala, la capitale de l'Ouganda, notre pilote effectue subitement un freinage d'urgence, suivi d'un virage très serré sur la gauche. Je me suis dit: soit nous allons dépasser la piste pour plonger dans le lac Victoria, soit nous allons nous renverser sur le côté. Finalement, le commandant se manifeste: «La tour et moi n'avons pas réussi à nous mettre d'accord sur le terminal à prendre. Alors, j'ai pris tout simplement le premier venu.»

A. Van Daalen

Après s'être posé à Saint-Exupéry, notre appareil doit rester un moment arrêté sur le tarmac. Le pilote commente sur un ton sarcastique: « Mesdames, messieurs, je dois vous demander de nous excuser pour ce retard, mais il pleut ici à Lyon pour la première fois depuis vingt-cinq ans, et cette situation exceptionnelle plonge le personnel au sol dans des problèmes kafkaïens. »

F. Königer

Après avoir atterri à l'aéroport de Palma de Majorque, nous restons bloqués dans l'avion en position de stationnement. Il ne se passe absolument rien. Puis le pilote prend la parole: «Eh oui, mesdames, messieurs, comme chaque jour de la semaine, notre atterrissage ici a été si impromptu et inattendu que nous ne pouvons raisonnablement pas espérer obtenir un escalier de sitôt! Il va falloir patienter encore un peu avant de pouvoir descendre. »

K. Nissen

Après un vol et un atterrissage sans encombre à Francfort, le chef de cabine se manifeste : « Mesdames, messieurs, maintenant que le commandant a enfin trouvé Francfort et qu'il a ôté la carte de ses genoux, il va nous conduire jusqu'à la porte de débarquement. Nous vous prions instamment de rester attachés jusqu'à l'arrêt définitif de l'avion, car nos pilotes sont d'excellents aviateurs, mais de piètres conducteurs. »

P. Ebersberger

Notre avion en provenance de Vancouver s'apprête à se poser sur l'aéroport d'Edmonton, la capitale de la province canadienne d'Alberta. Les roues heurtent violemment le sol. Je n'ai jamais connu d'atterrissage aussi rugueux. L'hôtesse plaisante : « Grâce à notre commandant, vous allez pouvoir aller chercher vos bagages sur la piste 5 en sortant de l'avion ! »

A. Braatz

Après notre atterrissage à Hong-Kong, l'hôtesse nous prévient : « Les passagers qui se lèvent avant que les signaux lumineux de la ceinture de sécurité ne s'éteignent devront rester dans l'avion pour nous aider à le nettoyer. »

Y. Möller

En 1990, ma famille et moi embarquons dans un petit avion à hélices pour survoler le Grand Canyon. Le vol est très houleux : le soleil réchauffant le sol du désert, les contrastes thermiques engendrent de fortes turbulences. Nous sommes sérieusement chahutés. Après l'atterrissage, le commandant fait ce commentaire laconique : « Merci d'avoir volé avec nous, et veuillez excuser ce vol tumultueux. Rendez-nous service : en sortant de l'avion, ne faites pas le rituel du pape ! » Des regards interrogateurs se dirigent vers le pilote. Il s'explique : « Ne vous sauvez pas de l'avion en courant et ne vous jetez pas à terre en baisant le sol comme le fait le pape. Ça ne fait pas bon effet sur les passagers qui attendent le prochain vol. »

C. Groth

Un soir de violente tempête. Notre approche finale est très tumultueuse, l'atterrissage extrêmement rugueux. Notre avion est arrivé en position de stationnement, mais rien ne se passe. Jusqu'à ce que l'hôtesse se manifeste : « Mesdames, messieurs, la tour de contrôle n'a apparemment pas cru que nous oserions nous poser. Veuillez patienter encore quelques instants, on est en train d'aller nous chercher une passerelle et des bus. »

C. Deussen

Nous venons d'atterrir. L'hôtesse prend la parole : « Mesdames, messieurs, nous vous prions de rester assis. Personne n'a encore réussi à atteindre la porte de débarquement avant nous ! »

A. Schöttler

Après notre atterrissage, l'hôtesse fait une annonce : « Mesdames, messieurs, bienvenue à Londres-Heathrow. Nous allons maintenant vous indiquer la nouvelle procédure de sortie : pour diminuer les temps de nettoyage, nous prions chacun d'entre vous de remporter ses déchets. Et le seul gros sac jaune que je puisse vous proposer, c'est notre copilote qui a une hépatite. » Quelques instants plus tard, sans rapport avec ce qui vient d'être dit, on entend une voix venue du cockpit : « J'ai glissé, chef ! » Puis une seconde voix : « Eh bien ! Il fallait pas glisser ! »

J. Plathner

Notre avion d'Alitalia en provenance de Beyrouth et à destination de Milan vient d'atterrir. L'hôtesse prend la parole : « Au nom d'Alitalia et de l'équipage, bienvenue à Turin. Nous espérons que vous avez fait un agréable voyage et vous souhaitons un bon séjour. » Nous ignorions totalement que notre appareil avait été dérouté vers Turin en raison de la météo exécrable qui régnait sur Milan. L'équipage n'avait pas jugé utile de nous signaler plus tôt ce « petit » détail.

P. Eichmann

Après notre atterrissage, le pilote nous annonce : « Mesdames, messieurs, nous sommes arrivés à Paris-Orly. Il ne nous reste plus qu'à trouver une place de parking pas trop loin du centre et pas trop chère. »

J. Stattaus

Notre Boeing 747, en provenance de Los Angeles et à destination d'Amsterdam, transporte simultanément des passagers et des marchandises. Après notre atterrissage, le pilote nous informe : « Nous vous prions instamment de rester assis. Juste avant de décoller, nous avons embarqué une cargaison très lourde à bord de l'appareil. Si vous vous levez maintenant pour vous diriger vers la sortie, vous feriez basculer l'avion sur la queue. C'est pourquoi nous vous demandons de patienter jusqu'à ce que le fret soit déchargé. »

K. Qualmann

Notre Boeing 747 qui vient d'atterrir est déjà tout près du bâtiment de l'aéroport. Puis il s'arrête. Nous restons là, immobilisés pendant un bon moment. L'explication : un véhicule est en train de s'accrocher à notre avion pour l'amener jusqu'à sa position de stationnement. Le pilote commente en ces termes : « Mesdames, messieurs, nous allons maintenant être tirés sur les derniers mètres restants. Ce n'est pas que nous ne sommes pas capables de les parcourir nous-mêmes, mais si je relance les turbines ici, leur baraque va s'écrouler sur leur tête. »

C. Möller

À la fin d'un vol easyJet, l'hôtesse nous adresse le message suivant : « Si vous avez apprécié le vol, nous vous remercions d'avoir voyagé avec easyJet. Dans le cas contraire, merci d'avoir voyagé avec Ryanair. »

F. Menzer

Après notre atterrissage, le pilote nous fait savoir que l'avion pèse aussi lourd que plusieurs camions réunis et dispose de très puissants freins hydrauliques. Puis il conclut : « Veuillez donc rester attachés, nous ne tenons pas à ce que vous vous pointiez ici dans le cockpit sans avoir toqué au préalable. »

G. Oltermann

Après notre atterrissage, une voix grésille dans le haut-parleur : « Le commandant, le copilote et le pilote automatique vous saluent et vous souhaitent une agréable soirée. »

H. Fabry

Notre avion vient de se poser très rudement sur la piste. L'hôtesse prend alors la parole : « Mesdames, messieurs, nous vous prions de rester assis jusqu'à ce que le commandant ait fini de ramener ce qui reste de l'avion à la porte de débarquement. »

S. Meyer-Brehm

Roissy, un vendredi soir. Après notre atterrissage, tandis que nous nous dirigeons lentement vers la porte de débarquement, le pilote prend la parole : « Attention, attention, avis aux usagers de l'A1 en direction du nord, veuillez garder votre droite et ne pas doubler : l'équipage a fini sa journée et veut rentrer à la maison. »

S. Mahn

Comment devient-on pilote de ligne ?

Il existe trois types de licence de pilote : celle de pilote privé, celle de pilote professionnel et celle de pilote de ligne.

Pour exercer le métier de pilote de ligne sur avions multipilotes, le pilote (« copilote ») doit posséder au moins la licence de pilote professionnel, plus la qualification de vol aux instruments et avoir passé avec succès l'examen théorique de pilote de ligne. Le commandant de bord doit posséder la licence de pilote de ligne (ATPL).

La filière d'État, représentée par l'École nationale de l'aviation civile de Toulouse, permet chaque année à quelques dizaines de lauréats de bénéficier d'une formation prise en charge par l'État, après un concours extrêmement sélectif. Dans la filière « S », la plus importante, qui s'adresse à des jeunes de 17 à 23 ans de niveau maths sup, le candidat doit passer des épreuves écrites, puis psychotechniques et psychomotrices, et enfin des épreuves psychologiques et un oral d'anglais. En outre, il doit être reconnu physiquement apte au terme d'un examen médical approfondi portant entre autres sur les appareils cardio-vasculaire et respiratoire. L'acuité visuelle de loin, avec ou sans correction, doit être d'au moins 7/10 pour chaque œil pris séparément./...

Ouverte aux jeunes diplômés de profil scientifique, la formation « pilotes cadets » proposée par Air France se déroule en deux étapes. La formation initiale, qui dure une vingtaine de mois, conduit à l'obtention de certificats théoriques et pratiques. Puis la formation complémentaire, d'une durée de huit mois, se consacre à la préparation au travail en équipage, sur avion à réaction et en ligne (avec passagers). Le pilote qui sera ensuite intégré dans les équipages d'Air France recevra ses trois galons dorés et débutera sa carrière comme OPL (officier pilote de ligne, ou copilote) qualifié A320 sur le réseau court et moyen-courrier. Ensuite, il pourra passer sur du long-courrier avec le Boeing 747 ou les Airbus A330 et A340. Le délai moyen pour devenir commandant de bord se situe entre huit et neuf ans.

Dans la filière militaire, la formation est assurée par l'armée de l'air ou la marine (avec lesquelles Air France a une convention) pour des durées d'engagement variables. Enfin, dans la filière privée, le pilote doit autofinancer et acquérir ses licences dans des écoles de pilotage ou centres de formation homologués.

Interview avec le psychologue R. Kemmler : « Un peu plus d'humour, s'il vous plaît »

Reiner Kemmler, né en 1940, a été conseiller principal en psychologie aéronautique à la Lufthansa. Il s'est spécialisé dans les domaines de l'analyse des accidents d'avion, les programmes d'entraînement et de thérapie pour les pilotes ainsi que la réhabilitation et la prévention des troubles de la santé pour le personnel navigant. Il dirige un cabinet de psychologues à Mörfelden, près de Francfort.

Quel danger représentent les erreurs de communication en avion ?

Que doit dire un pilote à ses passagers et que doit-il taire ? Reiner Kemmler nous explique ce que les pilotes peuvent apprendre de l'empereur romain Jules César et nous racontent le vol le plus amusant qu'il a connu.

QUESTION : *Monsieur Kemmler, pourquoi les pilotes ont-ils autant de difficultés à trouver les mots justes vis-à-vis des passagers dans des situations difficiles ?*

R. Kemmler : Le travail dans le cockpit s'effectue avec des règles bien précises. La communication entre le pilote et le copilote doit être franche, critique et honnête à 100 %. Si ces règles ne sont pas respectées, cela peut devenir dangereux. En revanche, si vous suivez la règle d'une totale transparence avec les passagers, là, vous aurez des problèmes.

Question : *Est-ce trop honnête pour un pilote de dire : « Il y avait un A380 sur la piste d'atterrissage, c'est pourquoi j'ai dû remettre les gaz » ?*

R. Kemmler : Si j'étais commandant, je ne dirais jamais une telle chose, parce que chacun va alors penser : « Eh bien alors, on a eu de la chance ! » Certains pilotes croient faire preuve de professionnalisme et de compétence en donnant une description détaillée de la situation. Un peu dans le genre : « Monsieur le professeur, la lumière était restée allumée dans les toilettes, mais je l'ai éteinte. »

Question : *Serait-ce donc de la pure vantardise pour montrer qu'on a bien maîtrisé la situation ?*

R. Kemmler : Un copilote jeune et dynamique qui aime mettre en valeur ses aptitudes va certainement s'exprimer autrement qu'un vieux commandant qui déclarera alors d'une voix sonore : « Nous avons remis les gaz, vous l'avez tous remarqué. Nous atterrirons avec dix minutes de retard et vous remercions de votre compréhension. »

QUESTION : *Un pilote n'est pas obligé de prévenir les passagers à la moindre turbulence qui s'annonce, ni au moindre témoin d'alarme qui s'allume. Qu'est-ce qui doit être communiqué ?*

R. KEMMLER : Lorsqu'il va y avoir un atterrissage d'urgence et que l'équipage doit donner des instructions concrètes aux passagers : retirer les chaussures, prendre un coussin, enfiler le masque à oxygène. Sinon, il n'est pas nécessaire de communiquer. Mais il est naturellement positif que le commandant prévienne des turbulences imminentes et demande à tous d'attacher sa ceinture. Mais même là, il est possible de faire des gaffes.

QUESTION : *Par exemple ?*

R. KEMMLER : S'il dit : « Mesdames, messieurs, comme vous l'avez remarqué, ça secoue un peu, mais ne vous inquiétez pas. Nous allons contourner l'orage. »

QUESTION : *C'est une annonce qui semble pourtant tout à fait correcte.*

R. KEMMLER : Justement non ! À l'instant où vous prononcez les mots « n'ayez pas peur » ou « ne vous inquiétez pas », vous déclenchez dans la tête des gens exactement l'inverse de ce que vous visez. Il suffit aux passagers sujets à la peur d'entendre ces mots pour qu'ils se mettent à se cramponner à leur siège. En tant que pilote, vous devez vous exprimer d'une façon telle que les passagers aient toujours une vision positive de la situation. Cela s'apprend sur le tas.

QUESTION : *Et que devrait-on dire, alors ?*

R. KEMMLER : Avant de donner l'information aux passagers, je demanderais aux stewards et aux hôtesses de s'assurer que les voyageurs sont tous attachés. Ensuite, je dirais quelque chose comme : « Nous allons contourner le front orageux qui se trouve devant nous. Cela va nous faire perdre cinq minutes, mais nous allons les rattraper sans problème. »

QUESTION : *En situation vraiment critique en plein vol, le commandant n'a-t-il pas d'autre souci que le choix exact des mots ?*

R. KEMMLER : Lorsque les pilotes doivent par exemple remettre les gaz, ils ont bien évidemment d'autres chats à fouetter. Ils ne peuvent pas communiquer de façon immédiate et optimale avec les passagers. Même entre eux, ils ne parlent qu'en style télégraphique, à la César : *« Veni, vidi, vici. »* Des phrases courtes, nettes et précises.

QUESTION : *Le rôle de rassurer les passagers ne devrait-il pas incomber au personnel navigant commercial formé en communication ?*

R. KEMMLER : En cas d'urgence, le personnel de cabine est aussi obligé d'adapter sa communication. Il s'exprime alors en langage quasi militaire. Lorsqu'un atterrissage forcé est imminent, on ne peut plus tenir compte des états d'âme de chacun. Cela peut avoir un effet très angoissant pour certains passagers, qui avaient vu le personnel aux petits soins pour eux quelques instants auparavant.

QUESTION : *Supposons qu'un pilote, après avoir constaté une avarie sérieuse, doive se préparer à un atterrissage en catastrophe. Que devrait-il dire aux passagers ?*

R. KEMMLER : « Mesdames, messieurs, nous avons une panne de moteur et allons atterrir d'urgence dans un quart d'heure. » Ils doivent communiquer de façon claire, sans se justifier, sans faire d'allusions aux conséquences et risques possibles. Pas seulement pour des raisons de temps, mais aussi parce que les explications les déconcentrent.

QUESTION : *Quelle est l'importance du ton de la voix ?*

R. KEMMLER : Une voix grêle inspirera la peur, parce que tout le monde sait qu'une voix devient plus aiguë sous l'effet du stress. Dans la plupart des cas, un pilote expérimenté parlera d'une voix plus grave que son jeune collègue. Les commentaires radio du pilote militaire Chuck Yeager sont célèbres pour cela. Alors que l'appareil était déjà en train de se disloquer, il dit d'une voix sonore : « J'ai un problème ici. » Ces sont de vrais as de l'aviation. On ne peut pas en attendre autant d'un jeune pilote inexpérimenté.

QUESTION : *Comment s'entraîne-t-on à faire les annonces lors de la formation ?*

R. KEMMLER : Il existe des séminaires spéciaux, où des pilotes s'entraînent avec des spécialistes de la communication et des acteurs. Ils peuvent aussi s'exercer dans le simulateur. Mais il est difficile d'anticiper ses propres émotions, qui surgiront lors d'un cas d'urgence.

QUESTION : *Il y a une chose encore plus importante que de s'adresser aimablement aux passagers. C'est, pour des raisons évidentes de sécurité, que le pilote, le copilote et la tour de contrôle communiquent efficacement.*

R. KEMMLER : Il existe à ce sujet d'incroyables histoires de malentendus. Le pilote demande l'autorisation de décoller, le contrôleur de la tour veut savoir à quelle porte d'embarquement se trouve l'appareil. Il demande : « *Where are you sitting ?* » (« Où êtes-vous ? ») et obtient comme réponse « *I'm sitting left in front of the aircraft* » (« Je suis à l'avant gauche dans l'avion »). C'est une histoire authentique.

QUESTION : *Quel danger représentent les erreurs de communication pour l'aéronautique ?*

R. KEMMLER : Une étude réalisée auprès de deux mille pilotes révèle que le schéma menant à des situations critiques se présente fréquemment ainsi : d'abord, il y a les facteurs défavorables sur lesquels le pilote ne peut influer, tels que la météo. Ensuite vient s'ajouter une erreur de la part du (co)pilote. Et pour couronner le tout, un malentendu qui joue le rôle de catalyseur va multiplier par cinq le danger. C'est de cette façon que naissent près de 40 % de toutes les situations critiques.

QUESTION : *La communication ne devrait-elle pas être enseignée de façon plus intense dans les formations ?*

R. KEMMLER : Il y a encore beaucoup à faire dans ce domaine. Aujourd'hui encore, la communication interpersonnelle n'occupe pas une place aussi importance que celle réservée à la technique de l'avion. Il n'y a pas de check-lists. Il existe certes des règles et des entraînements, mais pas de tests auxquels on pourrait être recalé. Pourtant, il serait primordial que les aptitudes de communication du personnel navigant soient sanctionnées par un examen. Ce à quoi les pilotes opposent une forte résistance, car leur point fort se situe dans le domaine technique.

QUESTION : *Certains pilotes font néanmoins preuve de beaucoup d'humour. Sur les compagnies américaines et australiennes, on entend des annonces amusantes bien plus fréquemment que sur les compagnies européennes. À quoi est-ce dû ?*

R. KEMMLER : Cela tient à une différence de culture. Dans ces pays règne une certaine fantaisie qui est pour nous, Européens, très agréable et très relaxante.

Question : *Quel a été votre vol le plus drôle ?*

R. Kemmler : Je me souviens d'un vol Phoenix-Los Angeles avec la Southwest Airlines. L'équipage nous a tout d'abord assuré que nous arriverions à Los Angeles à l'heure. Mais quelque temps plus tard, alors qu'il ne faisait plus aucun doute que nous serions en retard à destination, le steward nous a proposé en guise de dédommagement un petit divertissement. Il s'est mis à fredonner une chanson de blues en dansant en même temps. Tout le monde était ravi. Ce genre de choses serait inimaginable dans notre pays.

Question : *N'est-ce pas là trop d'humour pour les passagers angoissés en avion ?*

R. Kemmler : Ce genre de gag est inconcevable dans notre culture. Car ceux qui ont peur et qui se cramponnent à leur siège pensent alors qu'on ne les prend pas au sérieux. L'humour en avion ne doit jamais être trop ironique, ni trop intellectuel, mais se situer à un niveau simple. Sinon, ceux qui ne comprennent pas la blague croiront que l'on se moque d'eux. Il n'empêche : un peu plus d'humour serait souhaitable en avion.

Question : *Surtout pour les annonces standards telles que la démonstration de sécurité, un voyageur habitué apprécie que soit rompue la monotonie.*

R. Kemmler : Lorsque les annonces sont débitées machinalement, elles n'ont aucun effet. Il est bon de sortir des sentiers battus. Même si le texte d'annonce est standardisé, on a encore la liberté de dire auparavant : « Et maintenant, vous allez entendre une annonce particulièrement intéressante, je vous le promets », même si s'ensuit une annonce traditionnelle. Mais les gens penseront : « Son annonce a été bien présentée. »

QUESTION : *Certaines annonces qui sortent de l'ordinaire ne sont parfois pas très heureuses. Exemple : « Nous avons un témoin rouge allumé, je ne sais pas ce que cela signifie, nous faisons demi-tour. » Est-ce que le pilote concerné a besoin d'une formation complémentaire en matière de communication ?*

R. KEMMLER : Nous revoilà à cette différence de culture qui sépare le cockpit des passagers. Le pilote est totalement honnête. Par cette annonce, il veut dire qu'il est extrêmement soucieux de la sécurité de ses passagers et qu'il ne veut prendre aucun risque : « Pour vous, je fais tout ce qui est en mon pouvoir, pour vous, je suis prêt à faire demi-tour. » Mais malheureusement, aucun des passagers ne l'entendra de cette manière.

Sites utiles

Pour s'informer

www.developpement-durable.gouv.fr/-Secteur-Aerien,1633-.html

La Direction générale de l'aviation civile (DGAC), qui a pour mission de garantir la sécurité et la sûreté du transport aérien, donne des informations officielles concernant la sécurité, les droits des passagers, etc.

ec.europa.eu/transport/air-ban/list_fr.htm

La liste noire des compagnies aériennes interdites de vol dans l'Union européenne

www.securvol.fr/

Portail de sécurité des compagnies aériennes dans le monde

www.seatguru.com (en anglais)
Les plans de tous les types d'avion courants indiquant les meilleures places

flightaware.com/ (en anglais)
Les données en temps réel de milliers d'avions

www.crash-aerien.aero
Le site des accidents et incidents aériens

www.1001crash.com
Vidéos de crashs d'avion, analyse des accidents aériens récents

dir.salon.com/topics/p_smith/ (en anglais)
Colonne « Ask the Pilot » du commandant de bord Patrick Smith, qui donne des réponses à des questions fréquemment posées sur l'aéronautique

www.snpl.com
Site Internet du Syndicat national des pilotes de ligne (SNPL-France ALPA)

forum.aeronet-fr.org/
Compilation d'informations pour devenir pilote. Forum orienté sur la formation et les concours de recrutement de pilote

devenirpilote.free.fr/temoignages/temoignages.htm
Témoignages de pilotes de ligne

www.airlinecrew.net (en anglais)
Forum pour membres d'équipage avec des anecdotes parfois très drôles

Pour s'amuser

www.gadling.com/category/galley-gossip (en anglais)
Récits du quotidien d'une hôtesse de l'air

phortail.org/blagues/betisier-0664.html
Quelques échanges radio croustillants entre pilotes et tour de contrôle

stuffucanuse.com/airport/airport-announcement.htm (en anglais)
Annonces cocasses entendues dans les aéroports

www.deridet.com/Le-betisier-d-Air-France_a2.html
Exemples véridiques et humoristiques de problèmes signalés par les pilotes au service maintenance et leurs comptes-rendus d'intervention

www.aerodrome-gruyere.ch/nouveautes/oops.htm
Quelques photos et vidéos amusantes du bêtisier de l'aéronautique

www.isthisyourluggage.com (en anglais)
Site de l'artiste Luna Laboo qui collectionne les bagages perdus

www.addictinggames.com/heroonthehudson.html
L'amerrissage sur le fleuve Hudson à rejouer sur ordinateur

www.weewilliewalsh.co.uk/
Le patron de la British Airways, Willie Walsh, essaie de mettre de l'ordre dans le chaos du terminal 5 (jeu)

Remerciements

Nous remercions Andrea Jonischkies, Carolin Reintjes, Maximilian Schäfer, Peter Wetter et Angelika Mette, qui nous ont encouragés et aidés dans la réalisation de ce livre. Et nous adressons nos très vifs remerciements aux nombreux lecteurs de *Spiegel Online* qui nous ont envoyé leur récit. Nous avons réglé la question des droits d'auteur, autant que faire se peut. Nous déclinons toute responsabilité quant à la véracité des histoires signées.

Antje BLINDA et Stephan ORTH

10046

Composition
PCA

Achevé d'imprimer en Slovaquie
par NOVOPRINT SLK
le 29 juillet 2012.

Dépôt légal juillet 2012.
EAN 9782290037942
L.21EPLN001131.N001

ÉDITIONS J'AI LU
87, quai Panhard-et-Levassor, 75013 Paris

Diffusion France et étranger : Flammarion